丰子恺
*
锣鼓响

款识 / 甲辰春节，子恺画。
*
钤印 / 子恺漫画、石门丰氏

弘一
*
观音

款识 / 常护诸佛法，恒涂净戒香。慧香居士玄詧，庚寅残年演音。
*
钤印 / 弘一

黄君璧、张大千
*
慈母

款识 / 录瞿佑句。辛酉（1981年）春八四叟黄君璧。
诗堂：君璧老长兄为景卿道兄写子母鸡图，直扶此秘拜观谨题。大千弟爰。
*
钤印 / 黄君璧印、君翁、白云堂、张爰之印、大千居士

李可染
*
犟牛图

款识 / 牛,性纯厚温驯,时亦强犟。济众同志由沪寄来此纸,因试作此图,可染于从化。
又题:笃维同志教正,可染作时同在从化温泉翠溪宾舍。
*
钤印 / 可染、陈言务去

马晋
*
骏马图

款识 / 辛丑夏六月,湛如马晋画
*
钤印 / 马晋之印、伯逸

张大千
*
红叶小鸟

款识 / 锡年仁兄,海伦夫人绘赏。辛丑元月,大千张爰。
*
钤印 / 张爰、大千居士

黄君璧
*
峨眉金顶

款识／峨眉金顶。辛丑初夏画于白云堂。黄君璧。
*
钤印／黄君璧印、君翁、白云堂

于右任
*
书法

款识／五月天山雪，无花只有寒。笛中闻折柳，春色未曾看。晓战随金鼓，宵眠抱玉鞍。愿将腰下剑，直为斩楼兰。天兵下北荒，胡马欲南饮。横戈从百战，直为衔恩甚。握雪海上餐，拂沙陇头寝。何当破月氏，然后方高枕。李白诗二首，大猷先生，右任。

*

钤印／右任

寻找诗婢家
前尘忆梦画成都

吕峥·著

成都时代出版社
四川师范大学电子出版社

抗战时，南北书画名家纷纷入蜀避难。徐悲鸿、张大千、齐白石、丰子恺等与诗婢家来往密切。诗婢家精良之笔墨以及工细之装裱，常为名家首选。其所产木版水印笺谱，古朴清雅，享有盛名。

一九四九年后，诗婢家老店新辉，与国内知名书画家多有往还，为蜀中艺事所作奉献颇多。

● 诗婢家志略　流沙河

诗婢家肇端于一九二〇年,创办者为郑次清先生。《世说新语》中载有东汉学者郑玄家两婢女引《诗经》句笑对之典故,诗婢家由此而得名。其店招为清末御史赵熙所题。成都诗婢家,与北京荣宝斋、上海朵云轩、天津杨柳青并称文化四大老字号。

目 录

025	艺术滋养城市的百年回望
029	《寻找诗婢家》序
032	自序
043	序章
048	一诗一画一菜一汤
054	诗家律手在成都
061	蜀艺春秋
070	四川美术协会
076	鸿文嘉谟
085	双雄会
091	千岩竞秀,万壑争流
101	连林人不觉,独树众乃奇
109	夹江纸
114	蜀风流香
123	逝者如斯
129	弘文究理,茹古涵今

138	大轰炸
145	民为邦本
152	人溺己溺，人饥己饥
159	通往奴役之路
165	心灯点燃心灯，微光照亮微光
172	大清御史赵香宋
177	家贫思贤妻，国乱思良臣
184	物不得其平则鸣
189	革命靠自觉
198	事败休云贵，家亡莫论亲
205	为政之要，惟在得人
211	智珠在握
216	振翮高飞
223	荒蛮故事
229	白衣胜雪，才冠三梁
235	梁木不坏，哲人不萎
241	乡愁
250	开放于刹那，凋谢于无涯
255	敦，大也；煌，盛也

260	面壁者
268	悠悠绘事
275	放下屠刀，立地成佛
281	心有猛虎，细嗅蔷薇
286	操千曲而后晓声，观千剑而后识器
292	海上传奇
298	才子佳人
304	魂归道山
312	尾声
327	后记：甘为诗婢，再奏风雅
334	参考文献

艺术滋养城市的百年回望

李明泉 / 中国文艺评论家协会副主席

城市是人类文明的创造和展现，一座城市的特有气质与历史积淀和文化传承息息相关。

环顾世界历史文化名城，那些具有独特而鲜明之文化主题的城市，如建筑之都罗马、时装之都巴黎、电影之都洛杉矶、钟表之都伯尔尼、啤酒之都慕尼黑、音乐之都维也纳、雕塑与艺术之都佛罗伦萨等，都以各自的文化特色构成城市的肌理和空间，彰显城市的风格和魅力。

用文化连接世界，已成为众多世界文化名城的价值追求和战略选择。

作为中国十大古都之一和首批国家历史文化名城，成都明确提出建设世界文化名城的奋斗目标，着力推进世界文创名城、旅游名城、赛事名城和国际美食之都、音乐之都、会展之都的"三城三都"建设。

成都历史文化的内容和形态是由众多的历史文化名人及其具体的创造性成果作为坚实支撑和生动体现的，甚至透过包容性极强、辐射力极大的某一时期、某些人物、某家文化机构，就可以具体而微地感知这座城市的文化来龙去脉和美学风格特征，而具有百年历史的诗婢家就是我们回望成都城市发展的一扇特别而多彩的窗口。

诗婢家于1920年由郑次清先生所创，因主人姓郑，故取郑玄史事命名。

从古蜀国开明王朝九世都城迁址（由双流至成都）到张仪、司马错筑太城，从李冰修都江堰到文翁兴学，从后蜀末帝孟昶特创"翰林图画院"到黄筌开创中国工笔花鸟画派，从东汉大儒郑玄的"郑家诗婢"到如今琴台路上的诗婢家，成都的文脉一直延绵不断。尤其近一百年来，成都与中国的革命、改革和发展同呼吸、共命运，在城市文化建设上卓有成效，显现出特有的风姿和韵律。而含纳和助推成都文化艺术凌波曼舞、摇曳多姿的，当属百年老店诗婢家。

为从一张切片观察成都近现代文化的演变，青年作家吕峥钩沉梳爬史实，以灵动跌宕的笔触，宏阔而细腻地描述诗婢家的百年历史，创作出这本《寻找诗婢家——前尘忆梦画成都》非虚构历史随笔。

吕峥以店写城、以人写事，把诗婢家置于中国历史和巴蜀文化的背景之下，散点透视式地描写成都的岁月变迁。从孟昶遍种芙蓉到"扬一益二"之说，从李劼人的《死水微澜》到被赵雷唱火的小酒馆，从"西蜀画派"到"花间词派"，从"川剧界莎士比亚"黄吉安到发动"广汉起义"的罗世文、曹荻秋、车耀先，从成都第一家公共游泳池女大学生高台跳水到"范哈儿"率足球队到少城公园比赛，从私立华西协合大学新兴专业到英国人丁克生兴办奶牛场，从抗战高校内迁到陈寅恪、吴宓等大家云集——吕峥勾勒出诗婢家在成都的百年进程中丰富而鲜活的生长背景，也证明了只有在这方具有浓郁人文气息的土地上，才可能孕育出与荣宝斋、朵云轩、杨柳青齐名的诗婢家。

诗婢家与徐悲鸿、张大千、齐白石等众多文化艺术大家有着广泛而深入的交往，几乎涉及整个中国近现代文化艺术史。吕峥从眼花缭乱的线索中选取郑伯英、罗文谟、张大千和赵熙四个主要人物作为《寻找诗婢家》的叙述重点，使诗婢家的历史脉络更加清晰和精彩。

在主线之外，也不乏很多闲笔，比如讲述张大千弃当和尚、学艺敦煌、发明书画纸和结谊张学良。尽管其中有些史实与诗婢家并无直接关联，但作为同诗婢家有特殊渊源的张大千，将其故事写进《寻找诗婢家》，在艺术逻辑和传播效果上可以使读者更全面、更深入地理解诗婢家在中国近现代艺术史上的地位和所发挥的作用。

行文方面，《寻找诗婢家》有两大特点，一是注重人物事件的细节捕捉与立体呈现，使全书具有亲切可感的文本张力和美学空间；二是作者思维活跃，文笔老到，在作品中恰如其分地使用了一些网络新词，读来新颖有趣，为本书增添了青春气息，使诗婢家的百年历史散发出浓浓的时代韵味。

"拂窗新柳色,最忆锦江头。"陆游的《春晓》描绘和揭示了一座城市生生不息,回望常新的景致与内涵。寻找历史,意在汲取智慧;解读城市,重在唤起自信;走进艺术,更在为城市注入高雅、高尚、高品质的审美和品牌价值,滋养并拓展更为深广的想象力、创造力与竞争力。从这个意义上看,《寻找诗婢家》是一部帮助读者了解成都、感悟成都、热爱成都的有益之作。

是为序。●

二〇二一年五月二十九日
于成都百花潭

《寻找诗婢家》序

万光治 / 四川省文史研究馆馆员

读《寻找诗婢家》,为其书名所吸引。

寻找,意味着曾经拥有。从诗婢家的诞生,到成长为与北京荣宝斋、天津杨柳青、上海朵云轩并列的城市文化名片,这段历史,今天知之者不多。

寻找,意味着曾经失去。从20世纪50年代诗婢家的收归公有,到70年代末的重新开张、80年代的转型与消失,再到2004年的涅槃重生,这段历史,今天知之者甚少。

寻找,为的是找回诗婢家的前世今生。作者以百年诗婢家为主线,探源朔流,展开诗婢家生存的巴蜀文化背景;分枝散叶,循根理出四川乃至全国诗书画家与诗婢家的互动与互惠。这段历史,今天知之者更少。

读《寻找诗婢家》,仿佛面对一部近现代巴蜀史的诗书画家列传。作者爬罗剔抉,收集材料,编织经纬,结构文章,次第展示与张善子兄弟并称"三张"的张采芹的"蓉社"、罗文谟抗战期间团结本地与入蜀书画家而成立的"蜀艺社"、蓉社与蜀艺社合并成立的四川美术协会，以及罗文谟与诗婢家创始人郑伯英的革命与艺术活动，等等。在作者笔下，徐悲鸿、张大千和齐白石等省内外数十位学者与诗书画家的相互影响、艺术追求及其艺术成就，无不显示出巴蜀文化的深厚底蕴、开放心态；以及内在的吸引力。

读《寻找诗婢家》，又像品味一部巴蜀诗书画史话，更令人想起《世说新语》。中国代有稗官野史，有记录人物轶事的杂记别录，往往可与正史互补互证。《寻找诗婢家》记录的诗书画家的隽言逸行，不求全貌，结构形散神凝，笔法生动简括，人物情神，跃然纸上。如其中叙颜楷脱褂摇扇，与罗纶、张澜舌战赵尔丰；徐悲鸿北平设家宴，齐白石与张大千合作荷花河虾；"省图"馆长林思进不顾众人疑惑，闭馆一年编目；张大千与谛闲辩论、与船夫拔拳相向后的大释大悟，乃至"八德园"的植芙蓉、释乡愁、与毕加索的历史性会晤等等，皆得《世说新语》神韵，令人读之兴味盎然，读罢掩卷而思。

读《寻找诗婢家》，更令人想起中国古代宏观与微观相结合的史学传统。古者代有史官，"左史记言，右史记事"，其所录不外朝代兴亡相替，皇上天纵英明。"载舟覆舟"之论，虽然堂而皇之，庶民百姓，其实只是数字。幸有司马迁著《史记》，于"本纪""书""表"记录帝王、世系、典章制度而外，"世家"既为王侯将相立传，也为仲尼及孔门弟子立传，更设"列传"，以"老庄申韩""孟子荀卿"等为学者立传，以"货殖""游侠""刺客""日者""龟策""扁鹊仓公""滑稽"等为游商坐贾、游侠刺客、巫卜医相、乐工优人,乃至市井小民立传。观其所叙,一行一节,皆有可观,至少令人感觉到,民族和国家的历史,非帝王将相所能独擅;升斗小民才是立国之本。《史记》奠定了中国的史学传统,此后的官修史书虽未能超越,但也大多将其奉为圭臬。唯近代以来,以宏观的视野和笔触,书写宏观的政治、经济、军事、外交、文化,这样的史学著作有事件,有数据,有观点,唯独罕有个人命运的升降沉浮。笔者以为,一部真正的民族史、国家史,既要有宏观叙事,更应该微观到个人的生存史、心灵史。因此之故,古代乃有稗官野乘、街谈巷议,以补宏观叙事的不足;草民别传,百姓记忆,以正官修史书无意或有意的谬误。《寻找诗婢家》以巴蜀历史文化为背景,展示近现代诗书画家的传承与创新,更在近现代中国社会大转型的背景下,关注巴蜀诗书画家们命运的升降沉浮,如其中郑伯英、罗文谟、程觉远等人不同的人生结局,岂止令人浩叹!以此而论,《寻找诗婢家》于巴蜀诗书画史的研究与撰写,有不可替代的价值。

  往者已矣,来者可追。史事不可遗忘,教训弥足珍贵。唯望此后的人们不再为失去而遗憾,不再为失去而寻找! ●

自序

吕峥

1930 年秋,成都媒体争相报道一则新闻,说国立成都大学一位留法归来的教授搁置教鞭,走下杏坛,回家开了间名叫"小雅"的饭馆。

彼时在高校任教,收入和社会地位远超绝大多数工作,所以此事秒上"热搜"并不奇怪。

据该教授回忆,出走是由于成大校长张澜思想"左倾",不容于当局。他担心张澜去位后自己应付不来那些专制的军阀,索性效仿司马相如,携妻当垆卖酒,省得整日纠结此间到底有没有言论和学术自由。

这个教授就是后来以《死水微澜》震惊文坛的李劼人,新中国成立后曾任成都市副市长,一生游走于官、学、商三界,用行舍藏,进退裕如。

如果说文化是一座城市的灵魂,那李劼人的风度不仅取决于时代,更离不开成都。

就像蒸汽朋克属于维多利亚时代的伦敦。

水晶宫的上空飘浮着齐柏林飞艇,地下是由气动传输管道构成的物流系统。凡尔纳想象中的未来次第呈现，梅里爱的胶片插上翅膀准备飞往月球。一切都堪比诺兰的《致命魔术》，奇幻而工业。

又如爵士乐属于大萧条前的纽约。

目之所及，皆是镶着金边的泡沫；耳之所闻，尽是带着魅惑的呢喃。敏锐的菲茨杰拉德感到盛宴将罢，幻梦难继，用《了不起的盖茨比》替那座纸醉金迷、歌舞不休的海上浮城谱下一曲流光溢彩的挽歌。

再好比赛博朋克属于20世纪80年代的东京。

贫富悬殊的罪恶之都，东西文化的交汇之处。大资本，高科技；小人物，低生活。

九龙城寨的店招杂乱无章，《阿基拉》里的楼群鳞次栉比，《攻壳机动队》的孤独冰冷而深刻，《银翼杀手》中的夜雨似乎永远也下不完。

人的意义，却逐渐消失殆尽。

相比之下，我更喜欢世纪之交的北京。

从《北京杂种》到《独自等待》，从《洗澡》到《开往春天的地铁》——"85美术新潮"和"第三代"诗歌运动的余音尚在，《顽主》《错位》和《黑炮事件》的先锋性犹存，新时代的气息已扑面而来。到处都很带劲，仿佛《无地自容》里窦唯狂野的歌声，以及电影桥段中贾宏声表演《假行僧》时的舞步。

一个万物生长的北京，被奇思妙想和豪情壮志驱动，宛若由包豪斯风格的厂房构成的"798艺术区"。

然而，当你在"798"漫步，穿过尤伦斯当代艺术中心和一条不知通往何处的铁轨时，张牙舞爪的黑色机器便会映入眼帘。再往里走,是两根高耸入云的烟囱,其庞大的身姿令每个到访者都油然而生一种巨大的压迫感。

充满市井之乐的成都绝少使人感到压迫,反而有闲散舒适的茶馆文化。

民国年间(1912—1949),成都一度有六七百家茶馆,其功能类似英国的酒吧和法国的咖啡厅,是街坊邻居的社交中心。

喊一杯茶,你可以泡上一天,听书、修脚、捶背、剃头、采耳、打牌,饿了就跟沿街叫卖的小贩要一碗担担面或醪糟汤圆,一边品尝美食一边观察众生。

茶馆大多人性化,对偷喝顾客剩茶的穷人并不驱赶,还会帮他们加水。此外,客人也可自带茶叶,甚至用保温瓶打一壶开水提回家。

去茶馆买开水之所以成为一种现象,除燃料不便宜外,也跟没有自来水的年代居民不愿饮用含碱量高的井水有关。

茶馆往往不用井水,因为泡茶以山水为上,江水为中,井水为下。他们会向挑夫购买取自锦江的江水,水质上乘。

锦江是长江支流岷江的支流,又称"府南河",即"府河"+"南河"。

二河环抱古城,淙淙流过,在合江亭合二为一。七百多年前,马可·波罗造访空气湿润的成都时,望着眼前长桥卧波、帆影点点的景象,恍惚间以为自己回到了故乡威尼斯。

同样因水而兴,威尼斯"靠海吃海",成都则靠道法自然的水利工程都江堰。

都江堰充分利用地形和水势等生态之力,因势利导地实现无坝引水与自流灌溉,把老子"水利万物而不争"的思想发挥到极致,泽被成都平原两千余年。

惠泽的人里,就有我。

从记事之日起,我就生活在成都空军某部的部队大院,就读于成空幼儿园。后随父母迁居电信路的成空干休所,入读东桂街小学。

电信路乃华西医院的所在地,民国初年尚是一片农田。1935年,德国西门子公司在此修建两座用于广播发射的铁塔,高近百米,是当时全城最高的建筑,抗战开始后便逐渐发展出一条道路来。

东桂街小学今已不存,与隔路相望的金陵路小学合并为成都市武侯计算机实验小学。金陵路得名于抗战时从南京内迁成都的金陵大学,其桑蚕系曾在此办学,开垦了几十亩桑园作为教学科研基地。

小学三年级,搬家到玉林,后念了六年玉林中学,每天从翟永明的白夜酒吧和尚未被赵雷唱火的小酒馆前经过。如果散步至玉林南路和芳华横街的交叉路口,还能看见由"非非诗派"的诗人开设的橡皮酒吧……

既丽且崇,实号成都。

《三都赋》的这句评价是西晋文豪左思对"蜀都"的直观感受,由于文辞壮丽,内容翔实,还造就了"洛阳纸贵"的典故。

丽者，华美也；崇者，巍峨也。一阴一阳，既是成都的底色，也道出刚柔相济的蜀人气质。

抗战胜利，举国同欢，楹联创作迎来高峰，有豪迈的"万里雄师归国土，一杯春酒洗胡尘"，有讽刺的"本日果真亡日本，皇天竟不佑天皇"，但都不如川人的"中国捷克日本，南京重庆成都"和"神州同庆，当庆当庆当当庆；举国若狂，且狂且狂且且狂"来得有趣。

正事可以游戏为之，连商业氛围浓厚的春熙路也源于《道德经》里的"众人熙熙，如享太牢，如春登台"，难怪有人称成都为"道家之城"。

然而，无意于出头的成都在国事板荡之际又总能给世人留下惊鸿一瞥，比如压垮清廷的保路运动与气壮山河的川军抗日。

可见，成都人不是没有血性，只是人格比较独立，不到万不得已不会抛妻弃子，而宁可享受真实的人间烟火。

当然，蜀地的统治者也给足他们追求幸福的底气。从李冰治水到文翁兴学，以人为本的施政理念代代相传，遂有五代时中原已因战乱"男孤女寡，十室九空"，而唯独成都"弦管诵歌，盈于闾巷"。

蜀中承平，斗米三钱，得益于当时的后蜀末帝孟昶。

后蜀仅二帝，孟昶在位32年，为五代享国最久之君。他克己奉公，轻徭薄赋，亲撰《官箴》警示官员,其中四句后来被赵匡胤定名为《戒石铭》颁布九州,即"尔俸尔禄,民膏民脂。下民易虐,上天难欺"。

孟昶重视文教,创刻儒家"十经"(或为"十三经"雏形)。在其支持下,"西蜀画派"独树一帜,"花间词派"首开风气,而孟昶本人也同才貌双绝的花蕊夫人时相唱和,留下许多动人篇章。

偃武修文虽不利于开疆拓土,却是生民之福。当宋军打来时,孟昶稍事抵抗便选择投降,避免了川中哀鸿遍野。

上表前正逢腊月三十,孟昶犹有心情题写"新年纳余庆,嘉节号长春"的对联,使"贴春联"的风俗遍传华夏。

赴京之日,百姓恸哭送行,依依不舍地追随孟昶数百里。

孟昶抵达汴京后获封"秦国公",旋即被赵匡胤杀害。蜀人震怒,一改闲适之态,奋起反抗,浴血两载之久。

成都因孟昶为讨花蕊夫人欢心遍植芙蓉,有了"蓉城"之称,诗意盎然。可一旦刚猛起来,又风雷激荡,令天下咋舌。

其实,成都之所以历两千多年而城名与城址均无更徙,正是因其柔中带刚,负阴抱阳的特质。

阴柔,故能兼收并蓄;阳刚,是以生生不息。

汉赋四大家,成都独占其二(扬雄、司马相如)。唐代则有"扬一益二"之说,指"安史之乱"后成都的繁盛在各大都市里仅次于扬州。及至宋朝，造纸、印刷甲天下的成都诞生了世界上第一张纸币"交子"，孕毓出眉山的"三苏"（苏洵、苏轼、苏辙）与修史的"三范"（范镇、范祖禹、范冲），以及理学家魏了翁。

同时，因远离庙堂而受宏大叙事的束缚较少，自古就不缺人情味的成都为艺术提供了自由的土壤，像磁石一样吸引着四海名士。李白、杜甫、高适、岑参、元稹、贾岛、王维、李贺、罗隐、薛涛、韦庄、张说、孟郊、郑谷、李颀、陆游、白居易、刘禹锡、李商隐、温庭筠、沈佺期、张九龄、孟浩然、李德裕、欧阳炯、范成大，以及"初唐四杰"，无不跋山涉水入蜀，很多人来了就不想走，走了的也满载而归，文思泉涌，用清代诗人李调元的话说就是："自古诗人例到蜀，好将新句贮行囊。"

逮至民国，抗日军兴，文人雅士避居蜀地，滋兰润蕙，使成都成为东方的佛罗伦萨，形成了三大长期以来被史家忽视的响当当的名字，一是四川的"西南联大"——华西坝，二是四川的"西泠印社"——蜀艺社，三是四川的"荣宝斋"——诗婢家。

同北京荣宝斋、天津杨柳青和上海朵云轩齐名的诗婢家是许多丹青圣手在强敌犯境的乱世安身立命的世外桃源，见证了一个世纪的艺林往事。

给这座成都人的精神家园树碑立传并不容易，因为它是一部"群像戏"，涉及众多水墨大家，如徐悲鸿、赵少昂、黄君璧、谢稚柳、关山月、董寿平、傅抱石、潘天寿、廖静文、徐雯波、黄宾虹、刘开渠、于右任、谢无量、余中英、曾默躬、齐白石、丰子恺、马万里、赵望云、郑曼陀、晏济元、陈子庄、冯灌父、张采芹、周善培、向楚、江庸和"五老七贤"。

为此，我从眼花缭乱的线索中抽出四个主要人物：郑伯英、罗文谟、张大千和赵熙。

郑伯英是光大诗婢家的第二代掌门，罗文谟是蜀艺社的创始人。前者负责裱画，保障硬件；后者办会办展，协调人事。两人在抗日战争最艰苦的时期将成都打造成全国的美术中心，以"文艺不死"和"吾道不孤"的精神启智化民，凝心聚力，鼓舞华夏儿女奋战到底。

赵熙作为蜀中大儒的代表，两度为诗婢家题写店招；张大千是四川画家的大纛，在郑伯英的建议下改良夹江纸，解决了书画家因安徽沦陷而无宣纸可用的难题。

如果把成都比作"至诚无息"的太极，那罗文谟和郑伯英正好分属阴阳两极。而如果这张太极图是诗婢家，则坚守道统、赓续文明的赵熙与常观无常、吐故纳新的张大千又恰为阴阳两极。

文运与国运相连，文脉与国脉相牵。文化繁荣是国力昌盛的体现，更是掌握话语权、引导价值观的扩音器，堪称"修己治人"和"化育天下"的根 。

当历史走到"技术红利耗尽，经济增长放缓"的转捩点时，"保民而王，莫之能御"的价值观却并未大行天下。

  在此背景下，文明与野蛮之争势必长期存在，此消彼长。但只要心向光明之人在回眸历经百年沧桑的诗婢家和它所代表的那段群星闪耀的岁月时，相信诗的力量、艺术的力量、良知的力量，就能在众声喧哗中去欲去蔽，去伪存真，从而突破权力的矮化、资本的物化和算法的异化，自立自省，自觉觉地，心灯不灭，大放异彩。

  就像加缪所说的那样：

  我们力所能及的，只是在别人从事毁灭的同时，尽可能多地去创造。正是这种漫长、耐心、默默无闻的努力，真正促进了人类历史的进步。●

序 章

作家张允和晚年追忆父亲张武龄时，讲过一个"念念不忘，必有回响"的故事。

张允和是语言学家周有光的妻子，名气稍逊于她的两个妹妹张兆和与张充和。

张兆和嫁给了沈从文，张充和嫁给了汉学家傅汉思，两人同二姐张允和及长姐张元和（昆曲家）并称"合肥四姐妹"。

元、允、兆、充，四个字都带"儿"，形似"两条腿"。张武龄取这样的名字，意思是女子也要走向社会。

秀外慧中的四姐妹的确不让须眉,被叶圣陶下了个评语:"九如巷张家的四个才女,谁娶了她们都会幸福一辈子。"

家资不菲的张武龄与蔡元培、蒋梦麟交好,曾倾其所有兴办女中,是近代著名的教育家。

而他的祖父,是晚清洋务派领袖张树声。

张树声官至两广总督,临终前上过一道震惊朝野的《遗折》,否定了只变器物不变制度的洋务运动,认为清廷果欲自强,必须变法维新,采取议会民主。

其思想开明,可见一斑。

四姐妹里,张充和成就最大,是沈尹默的得意门生、卞之琳的一生所爱,被章士钊誉为"蔡文姬",被焦菊隐比作"李清照"。而这一切,除因门第煊赫、基因优良外,亦与张武龄的栽培有方息息相关。

张允和说她小时候听父亲讲《诗经》,上来先不谈"关关雎鸠",而是聊一段郑玄的往事。

东汉大儒郑玄学贯古今,有"经神"之称。"经神"的家里人连日常交流都有点"神经质",比如郑玄某日想打一个办事不称旨的婢女,谁知该婢不服,打算申辩。郑玄愈怒,还没等她开口就命人把她拖到泥地里罚跪。须臾,另一婢女经过,用《诗经》里的话问:"胡为(为何)乎泥中?"该婢也用《诗经》里的句子回答:"薄言往愬(想跟他诉苦),逢彼之怒。"

这条典故出自《世说新语》,无非想说"宰相门前七品官,大师墙内无白丁"。郑次清在1920年创办"诗婢家"

← 诗婢家创始人郑次清

时化而用之,暗示自己乃郑玄之后,肩负"愿作书画侍,甘为文化婢"的使命。

一百年后,当我第一次踏入琴台路上的那栋四层仿古建筑时,映入眼帘的是流沙河撰写的《诗婢家志略》与欧阳中石的题贺"婢且如是,家何以堪",以及马识途先生九十五岁时手书的对联:

> 二千年汉代韵事犹传,是耶非耶彳亍当时琴台路;
> 九十载蜀中文脉未断,灿矣烂矣睨睨今日诗婢家。

← 马识途为诗婢家撰写的对联

二千年漢代韻事猶傳是耶非耶行于當時琴臺路

成都琴臺路詩婢家成立九十周年志慶

九十載蜀中文脈未斷燦矣爛矣睍睆今日詩婢家

二〇〇九年十月 九五叟馬識途撰并書

七七事变后,张允和随家人避难成都,在街上瞧见"诗婢家"的店招,发现这是一家装裱书画的字号,不禁想起儿时从父亲口中听来的郑玄逸事,恍然大悟。

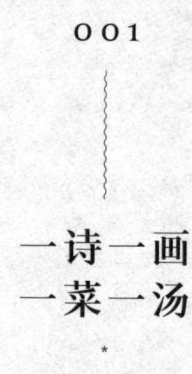

○○1

一诗一画
一菜一汤

锦城谍影

张允和看见诗婢家的那条街叫羊市街,清初是皇城(今天府广场以北,老成都的政治和地理中心)北门外的回民聚集区,因羊市而得名。

民国初年,羊市街的膻味被墨香取代,书店林立,有"川剧界莎士比亚"之称的戏曲家黄吉安即居住于此。

诗婢家1936年迁到羊市街北侧,附近有条并不起眼的羊市巷,是华裔传奇女作家韩素音的祖宅所在地。

← 诗婢家第二代掌门郑伯英

迁址是郑次清之子郑伯英的决定,也正是在他手上,惨淡经营的诗婢家被发扬光大。

然而,早年的郑伯英对裱画一无所知。

人靠衣装马靠鞍,三分字画七分裱。装裱不仅能延长作品的寿命,还锦上添花地提升其格调与价值,更推动了书画艺术在明、清两朝从庙堂走向民间。

20世纪30年代,成都的装裱行业兴旺发达,但90%的铺面都在做"红货"。

所谓红货,主要指红白喜事里的对联。由于民间需求量大,故销路不愁。

与之相对,经营"白货"的则只有十几家,因为无论揭裱旧画还是装裱新画,技术含量都不低(清初朝廷需用裱工,曾命苏州特送四人,至内务府报到后发下细腰葫芦一枚,考他们在葫芦中裱一层里子),市场相对小众。

"五老七贤"(泛指民国川中最有名望的十几位耆儒硕

德)里的刘咸荣（1857—1949）就在自己家附近开过一间白货铺。刘咸荣德高望重，自带流量，但他开裱褙铺的目的不是盈利，而是为了自己和亲友裱画方便，因此主要接待熟客。

除他之外，剩下的店铺就良莠不齐了。有的公然售假，从石涛到八大山人，应有尽有；有的在装裱名画时揭去一层，据为己有。

行业混乱，其实也跟四川战火纷飞、书画市场萧条有关。

作为一名血气方刚的年轻人，郑伯英对父亲从事的这门夕阳产业不感兴趣，即使他从小便以心灵手巧而著称。

郑伯英的母亲是久居少城（清廷为八旗兵及其家属专门修建的城中城）的旗人，家境殷实。要不是遇到改朝换代，郑伯英母亲忧郁而终，郑次清估计不会创业，提个鸟笼巡游茶馆就能消磨掉后半生。

虽家道中落，但郑伯英继承了父亲能书善画的天赋，摹仿字画惟妙惟肖。有一回，他仿蜀中大家端秀的作品，纤毫毕现，火眼金睛的行家都看不出差异。

另一方面，郑伯英又继承了母亲精通女红的禀赋，自制荷包，手绘绢扇，赢得了许多少女的芳心。

然而，志不在此的郑伯英却暗中加入共产党，走上了革命的道路。

1930年，中共中央受李立三"左"倾冒险主义的影响，不考虑实际情况，命全国中心城市的党组织举行武装暴动。

四川在罗世文、曹荻秋和车耀先（1894—1946）的领导下发动"广汉起义",一度大获全胜。

广汉所处之防区归属28军的一支混成旅,旅长陈离受卢梭影响,思想进步,与中共地下组织颇有交往,麾下的团长和营长里甚至有共产党员。

1929年,国民政府考试院院长戴季陶回广汉省亲,见陈离把家乡建设得欣欣向荣,故在回南京后劝蒋介石到雒城(广汉)转一转。

蒋介石被他说动,去了一趟广汉,全程游兴不浅,直至来到广汉公园。

该园占地200余亩,乃陈离亲手规划。园中的大礼堂前仿照纽约自由女神像塑了尊"自由之神",其高举的火炬内安设电动装置,闪闪发光。

蒋介石见神像下方刻有陈离撰写的鼓吹自由主义的《自由之神序言》,勃然色变道:"这是共产党搞的东西,应立即把它销毁!"

氛围如此,起义军一夜之间拿下广汉也就不奇怪了。

可问题是打下来你也守不住,等28军军长邓锡侯与29军军长田颂尧回过神来,调拨部队,敌众我寡的现实便注定了一败涂地的结局。

广汉起义失败后,陈离被撤职,当局成立了"清共委员会",疯狂报复。

参与起义的郑伯英星夜兼程逃回成都,剪了头发躲在家里不敢露面。

风声渐渐过去,他开始思考一个问题:怎样低调安全地干革命。

活生生的例子是胡绩伟("文革"后曾任人民日报社社长)的入党引路人车耀先。

车耀先同志作为广汉起义的主要策划人,在国民党军警掘地三尺的抓捕行动中居然毫发无损,而且人就待在成都的一家餐厅里,兴致来了还下厨露一手。

这家餐厅叫"努力餐",位于今天人民公园西北角的马路对面。

车耀先1929年入党,努力餐也在同一年开办,是中共地下组织在成都的秘密据点。生活困顿的革命同志来此就餐,只要说出"来一菜一汤"的暗号,就能免单。

努力餐面向大众,以一道便宜好吃的"生烧什锦"远近闻名,还推出过经济实惠的"革命饭"(将肉粒、笋粒、豌豆和大米混蒸),以及非黄包车夫不卖的大馅饺子。

由于深受"打工人"的欢迎,努力餐的口号"若我的菜不好,请君向我说;若我的菜好,请君向君的朋友说"广为流传。

依托努力餐,车耀先把统战工作搞得风生水起,以至于成都的革命青年中流传着一句话:"要想到延安,去找车耀先。"

这些年轻人里,就有后来成为毛泽东秘书的田家英。

当然,树大招风,国民党特务也曾不怀好意地问车耀先,为什么给餐馆取这么个名字?为什么卖"革命饭"?

车耀先笑道:"有啥子稀罕?孙中山先生讲过,'革命尚未成功,同志仍须努力'嘛!"

特务无话可说,压根没想到餐厅的二楼不仅接待过吴玉章（1878—1966）、林伯渠和邓颖超等共产党人，还是车耀先与中共四川省委书记罗世文日常开会的地方。

受车耀先启发，郑伯英果断接掌诗婢家，在书法家公孙长子（同盟会会员，熊克武心腹，退休前官至国民党十九路军副师长）的引荐下与包括"五老七贤"在内的许多名家相识，逐渐打开局面。

然而，国家不幸诗家幸，属于诗婢家的时代要到抗日战争全面爆发后才真正到来。

OO2

诗家律手在成都

抗战中的成都和
华西坝上的钟声

20世纪40年代的一个夏天,一位身穿泳装、身姿曼妙的女大学生在成都第一家公共游泳池表演高台跳水。由于事前曾张贴广告,当天围观者众,泳池的板凳被踩断了十几条。

次日,以《新新新闻》为首的四川媒体不谋而合地在显著版面刊出跳水女郎的玉照,引发无数猜测。

抗战时期的成都,"摩登"程度远超今人想象。

作家何满子曾对比昆明、重庆等大后方城市的进口影片，发现开画均不及成都早。等他回到上海，又发现首映的好莱坞电影成都人早就先睹为快了。

春熙路附近的暑袜街有座基督教的礼拜堂，自从李叔同的留日同学叶伯和（国内首个写白话诗与《中国音乐史》的音乐教育家，创办了四川第一本文学杂志《草堂》）在清末负笈归国，把五线谱、西方音乐理论，以及海顿、贝多芬和柴可夫斯基的天籁之音带到成都，这里就成为锦城的音乐厅，举办过马思聪的小提琴演奏、蔡绍序的男高音独唱。侧耳倾听，海星合唱团的《黄河大合唱》声振屋瓦，郎毓秀的《蝴蝶夫人》咏叹调余音绕梁。

把镜头拉到少城公园（今人民公园），会发现这里有广阔的球场，如茵的草地，还有电影院、台球室、动物园、旱冰场，以及金石陈列馆（即博物馆，分自然、历史、农业、工业、教育、卫生、武器和金石8个陈列室）。

林宝华（澳大利亚籍网球运动员）在公园的网球场打过球，石室中学的"SS"队和树德中学的"啸风"队在公园的排球场比过赛。钟爱足球的"范哈儿"（"哈儿师长"原型范绍增）也经常率领其球队入园，换上球衣后气喘吁吁地在球场上东奔西跑。

西风东渐，除旧布新，兵荒马乱的抗战年代，成都俨然岁月静好的世外桃源。

但这只是表象，战后《新华日报》（中国共产党首张面向全国发行的中央党报）的社论《感谢四川人民》道出了实情：

> 在八年抗战[1]之中，这个历史上最大规模的民族战争之大后方的主要基地，就是四川。自武汉失守以后，四川成了正面战场的政治军事财政经济的中心，随着正面战线内移的军民同胞，大半居于斯、食于斯、吃苦于斯、发财亦于斯。现在抗战结束了，我们想到四川人民，真不能不由衷地表示感激。

为抗战，四川贡献了全国三分之一的征粮，提供了300万修建特种工程的工人，还在历年发起的捐金献钱运动中筹款7个亿，连乞丐都慷慨解囊，支援前线。

同时，出川抗倭者达340万之众，伤亡64万人，其中包括李家钰、王铭章和饶国华等名将。

但本书毕竟不叫《寻找建川博物馆》，故笔墨仍将集中于大后方的文化艺术。

日本全面侵华后，大批作家、学者和画家西迁入蜀，围绕华西坝、蜀艺社和诗婢家与川中同道碰撞交融，革故鼎新，缔造了一个百花齐放的"黄金时代"。

文学方面，艾芜、沙汀、何其芳、姚雪垠和臧克家相继达到创作高潮，佳作不断。巴金代表作《家》的续集，以成都为背景的长篇小说《春》也出版于这一时期。

学术方面，华西坝大师云集，灿若星河。华西坝是华西大学（全称"私立华西协合大学"）的所在地,这所由美、英、加拿大的教会合办的学校建成于1910年,是四川最早的综合性大学,设有文学院、理学院、医学院、神学院和教育学院,以医学为特色,其中又以1917年加拿大医生林则建立的牙科独步天下,被誉为"中国现代口腔医学的发源地和摇篮"。

虽然校歌是请旧派人物刘咸荥写的,但华西大学极为新潮,不仅男女同班,双语教学,还举办过女子足球赛和中美棒球赛。

说到西洋事物在成都的普及,绕不开一个叫丁克生的英国人。

丁克生是华西大学一百多位外教里个子最矮的"霍比特人",才一米五几,人称"丁矮子"。

丁矮子不但不恼这个绰号,还用四川话编了条歇后语,自嘲道:"我是矮子过河——安(淹)了心的。"

除了培育和改良果蔬,丁克生在华西最重要的工作是养牛。他把通过教会引进的两头荷兰奶牛同本地黄牛杂交,到第三代时终于育种成功,在校方支持下办起了奶牛场,帮饲养户配种,使昂贵的牛奶走下神坛,走进千家万户。

由于养奶牛的坝子上建有钢琴房,故"对牛弹琴"成为华西坝一景。

钱穆对华西坝的第一印象是楼,在《回忆华西大学》中他写道:

---

1. 现已更为"十四年抗战"。

华西坝的新鲜之处首先是它的建筑。这些洋房大都是西洋结构，又是中国式的屋顶，流檐飞角。洋教士在华西坝先后修了三十几幢洋楼，惟有钟楼是哥特式的尖顶，这在成都是稀罕的。

　　不仅成都稀罕，全国也寥寥无几。以梁思成为首的研究者认为，教会大学修建的中西合璧式建筑标志着中国古典建筑在近代的复兴，而华西大学即为个中代表。

　　抗战爆发后，高校纷纷内迁，赴川的最多，成都有8所。其中，四所教会大学在华西坝与华西大学联合办学，分别是金陵大学、金陵女子文理学院（1949年后与金陵大学并入南京大学）、燕京大学（1949年后文、理科并入北京大学，工科并入清华大学）和齐鲁大学（1949年后并入山东大学等高校），时人称之为"五大学"。

　　五大学共享设施、课程和学分，其间还"收容"了国立中央大学（南京大学前身，国民政府的"中国人民大学"）医学院、东吴大学生物系与北京协和医院护士专科，一时间名师璀璨、才子星芒。梁漱溟、朱光潜、冯友兰、张东荪、潘光旦、萧公权、吕叔湘、蒙文通、赵元任、童第周、吴贻芳、周太玄、魏时珍、李方桂、孙伏园和任乃强等鸿儒硕学相继登坛施教，连海明威都到坝上发表过"吼叫式"演讲，李约瑟更是连讲12场，并在华西大学文学院院长罗忠恕的帮助下收集资料，为日后写下那套轰动西方学界的《中国科学技术史》夯实了基础。

此外，华西坝上还留下诺奖得主斯坦贝克（《愤怒的葡萄》的作者）、赫鲁晓夫当政时的苏联外交部副部长费德林（恢复新中国在联合国合法席位的功臣之一）等人的身影。

对陈寅恪来说，华西坝是他一生当中最后所见之清晰世界（来蓉时右眼即已失明，半年后左眼视网膜脱落）。

一年零九个月的时间里，他在坝上讲授"唐史"和"元白刘诗"，场场爆满；他写下12篇论文，其中9篇被收入著名的《元白诗笺证稿》；他还留下30多首诗，其中一首名为《华西坝》：

> 浅草平场广陌通，小渠高柳思无穷。雷奔乍过浮香雾，电笑微闻送晚风。酒困不妨胡乱舞，花娇弥觉汉妆浓。谁知万国同欢地，却在山河破碎中。

陈寅恪的慨叹，齐鲁大学国学研究所主任顾颉刚心有灵犀，调侃道：

> 在前方枪炮的声音惊天动地，到了重庆是上天下地，来到华西坝使人欢天喜地。

徜徉于这片乐土之上的还有燕京大学的吴宓和金陵大学的程千帆、沈祖棻夫妇。

与陈寅恪、汤用彤并称"哈佛三杰"的吴宓教"西洋文学史"不用讲义,全程英语授课,旁征博引;沈祖棻是著名词家,叶嘉莹口中"集大成的作者"。她的"词选"一课成功出圈,吸引了华西坝内外的众多听者,并激发诗词爱好者成立了正声诗词社。对她这一阶段的词作,作家黄裳评论道:

> 随着时局急剧的发展变化,词人笔下日益减去了纤细轻柔的韵致,终于出现"眦裂空余泪数行,填膺孤愤欲成狂"这样的声音。

003

蜀艺春秋

张采芹创办蓉社
黄宾虹入蜀证道

如果说华西坝是四川的西南联大,那蜀艺社就是川中的西泠印社。

蜀艺社诞生的两年前(1933),与张善子(1882—1940)、张大千(1899—1983)兄弟并称"蜀中三张"的张采芹(1901—1984)在"五老七贤"的助阵下于少城公园组织成立了"蓉社"。

张采芹是刘海粟(1896—1994)的得意门生,其作品后来曾作为国礼赠送给英国女王与瑞典国王。1925年,他从上海美术专科学校(时名为上海图画美术院)以第一名的成绩毕业后，回川创办了南虹艺术专科学校。

南虹艺术专科学校修建了成都历史上首个公共游泳池，引发前文所述的"美女跳水"风波。1949年后，其绘画与音乐专业分别并入四川美术学院和四川音乐学院。

蓉社规模不大，不过二十来人，其中最有名望者当属冯灌父（1884—1969）与黄宾虹（1865—1955）。

冯灌父从小立志学画，但迫于父命上了保定陆军军官军校，不情不愿地穿上戎装。

他厌恶军阀间的不义之战，常以保存实力为由把所部撤到远离炮火的安全地带，作观战演习之态。路过山清水秀之地，则必命勤务兵将纸砚准备停当，提笔作画。

职是之故，冯灌父的兵存活率很高，但行军较累，因为得帮他背石砚。

望着被墨汁染黑军装的士兵，冯灌父感叹道："古人的笔力力透纸背，而我的石砚墨色已渗透他人的皮肉！"

拳拳之心，在他走上职业画家的道路后结出硕果。武侯祠、三苏祠、杜甫草堂、李白纪念馆均留有冯灌父的墨迹，重庆"朝天门"的横额和人民大会堂的《天彭丹景图》亦为其杰作。

张大千赞曰：

> 烟云烘染，人物线条，自愧不如灌父。

黄宾虹则是个大器晚成的画家，77岁前的画作皆无落款，仿佛都是艺术探索途中的"半成品"，在他的"迷弟"

兼忘年交傅雷看来就是：

> 黄宾虹是集大成者，几百年来无人可比，是古今中外第一大家。黄宾虹先生如果在70岁去世，他在中国绘画史上会是一个章节；如果80岁去世，他会是一部书；如果90岁后去世，他就是一部大辞典。

作为一个浙江人，黄宾虹的艺术生涯以巴蜀之游为分界线，此前是疏淡清逸的"白宾虹"时期，师法前人，此后是"黑、密、厚、重"的"黑宾虹"时期，确立了"黑得发亮"的艺术风格，被后来的中国美术家协会副主席李可染（1907—1989）誉为：

> 中国山水画三百年来，黄宾虹一人而已。三百年后，黄宾虹的地位会更高。

1932年，黄宾虹应邀入蜀，沿途讲学写生，在巴山蜀水的滋养下返本开新，证悟天机，留下"青城坐雨"和"瞿塘夜游"的佳话，以及画稿上千幅。

彼时国画流弊已深，束书不观的画家们拿"格调"掩饰"空疏"，陈陈相因，表达僵化。而另一方面，标新立异者又效颦西方，要把中国画彻底扫进历史的垃圾堆。

黄宾虹不偏不倚，踽踽独行，既以自觉的文化承担和"务从笔法推寻，而不斤斤于皮相"的态度研究宋元明画，又把法国印象派的笔触和光色自然而然地内化到山水画里，毫无炫技和拼凑之感，令傅雷叹服道：

> 水到渠成无复痕迹，不求新奇而自然新奇，不求独创而自然独创。

久为欧风美雨吹袭，黄宾虹总结出心得：西画以能品为极点，国画以能品为起点。

的确，印象派诞生前，西方绘画孜孜以求技法上的精致和形象上的逼真，但对中国的传统文人画来说，这只能算起步，后面的路还很长。要做到"大巧若拙，返璞归真"，画家在思想、阅历乃至寿命上都要有异于常人的表现。

因此，黄宾虹主张"有道有艺"，用"道"来驾驭绘画。

所谓"道"，即法前贤、重精神、尊德性，即"心在山水里，山水在心中"的"物我两忘"与"五蕴皆空"。

学养俱佳的黄宾虹把整个生命都沉浸在纯粹的艺术之中，运笔墨之灵，抒造化之机，从而"遒劲者有之，柔媚者有之，富丽者有之，平淡者亦有之""元气淋漓者有之，逸兴遄飞者有之，瑰伟庄严者有之，婉娈多姿者亦有之"，任何景物都能入画，各种方式无所不可。

在这种全身心的律动和创造下，黄宾虹提出：

> 绝似物象者，此欺世盗名之画；绝不似物象者，往往托名写意，亦欺世盗名之画；惟绝似又绝不似于物象者，此乃真画。

黄宾虹晚年的"真画"纯用粗线,"图自然之性,非剽窃其形","物形或未尽肖,物理始终在握",以至于笔下山水皆为胸中丘壑,万法唯识,万物一体。

相比之下,入蜀时当选蓉社出版部主任倒显得无足挂齿了。

蜀艺社的发起人里有不少蓉社成员,比如冯灌父和林君墨。而之所以要另起炉灶再搞个蜀艺社,源于抗战前夕大批书画家避难来川,其中不乏享誉国际的大咖,需要一个更广阔的艺术阵地。

西泠印社崛起的历史表明:人能弘社,非社能弘人。

蜀艺社也一样,真正让其走向辉煌并与诗婢家携手写下无数传奇的,是四川荣县人罗文谟(1902—1951)。

跟张采芹一样,罗文谟也师出刘海粟;与张采芹不同,就读上海美专期间他关心时事,在荣县革命前辈吴玉章的介绍下加入国民党,担任上海学联常务委员兼宣传部主任,还参与了"五卅反帝爱国运动"。

毕业后,罗文谟回川,在学界与报界干了几年后投身政界。

1936年,官至上校处长的他在西安同张寒杉(杨虎城秘书)和张学良结为翰墨之交,并替张学良刻了"张氏""汉卿"等印。

"西安事变"爆发时,张学良、杨虎城暗中委托去南京的罗文谟传递信息给宋美龄,一举挫败国民党内主战派发动内战的企图,为促成抗日民族统一战线立下大功。

罗文谟因此被国民政府授予"中正剑"一柄,并提拔为四川省党部书记长。

省党部书记长名义上相当于今天的省上一把手,但四川的军政大权都操之于省政府主席刘湘(1888—1938)之手,故该职位尊而无权。

不过没关系,因为罗文谟的权力欲不强,别人奉为至宝的"中正剑"他随手乱扔,导致其幼子罗荣汉把它拿来挖土玩,搞得锈迹斑斑,最后干脆弄丢了。

1940年,已是四川省临时参议会(立法院的省级机关,相当于省人大)秘书长的罗文谟迎来新任的省政府主席张群(1889—1990)。

张群雅好书画,常带罗文谟去一家有口皆碑的"百老汇"炖牛肉馆尝鲜,因为他知道自己这个两袖清风的好友手头拮据,难得大快朵颐。

一次,张群边品牛肉汤边道:"文谟兄,你太清苦了!你自己选吧,看是出任哪个厅的厅长,还是下去当专员(地市州一把手)?"

罗文谟笑道:"岳军兄,谢谢你的关爱!'富贵非吾愿,帝乡不可期',我早已无意官场征逐,也不想非分之财。你已经支持我解决了美术协会(指1941年蓉社与蜀艺社合并而成的四川省美术协会)的活动场所,我已经非常感谢,非常心满意足了。"

抗战胜利后,蒋介石抵蓉,派其侍卫长俞济时和蒋经国等官员造访罗家。

罗文谟虽囊中羞涩,但也遵照"潜规则"给随行司机发了"赏钱"。

然而，这些司机骄纵惯了，嫌钱太少，故意在罗家门外猛按喇叭，让罗文谟下不来台。

无奈之下，省吃俭用的罗妻只好从微薄的生活费里又挤出一些让侄子送去安抚。

与此形成鲜明对比的是，只要事关抗日救国，罗文谟总是踊跃捐款，还通过金石好友杨鹏升接济过隐居江津、穷困潦倒的晚年陈独秀，其志气高洁，急公好义，无愧于"双清馆主"的称号。

所谓双清，即"梅、兰、竹、菊"里的梅花和竹子。罗文谟仰二者高节，常以之自况，家搬到哪儿，梅、竹就栽到哪儿，且蜡梅、红梅、绿萼梅一应俱全。

冬天梅树开花，他总要采折几枝插瓶；春天竹笋出土，他又把不能成竹的嫩笋掰下来做菜。

一次，燕京大学的学生请教如何画好梅、竹，罗文谟道："画梅、竹不单要会画其一般形态，而且要熟悉梅、竹的生长过程，要能在笔下表现出梅、竹不同生长阶段的特征，这不是短时间内做得到的，必须靠长年累月坚持不懈的观察。光有灵感成不了画家，还需要有熟练技巧与科学精神的结合，才能产生精湛艺术。"

友人知其所好，常画梅、竹与他。

梅兰芳替罗文谟画过墨竹扇面，齐白石（1864—1957）在他的折扇骨面上雕过竹叶，张大千和董寿平（1904—1997）则为他作过梅花小品。

黄宾虹的弟子吴一峰见罗文谟拿枯死的梅树做了根手杖，乃于杖上刻字：

春在先生杖履中。

对梅、竹的朝夕观察使罗文谟笔下的梅花栩栩如生，不仅受到艺林前辈向楚（1877—1961）、刘咸荥等人的追捧，还收获了刘文辉（1895—1976）、邓锡侯（1889—1964）等一干军界粉丝。

多人联袂作画时，画中若有梅、竹，众人必交罗文谟完成。比如同马万里、张大千合作的《高士松竹图》；比如同徐悲鸿（1895—1953）、张采芹、林君墨、线云平合作的《写意花鸟图》，图侧还有罗文谟的题款：

> 悲鸿画蕉，采芹写雏，云平作蚓，君墨种樱桃，文谟补竹并题。

观罗文谟画梅，往往稀疏数笔，苍老有力的树干、蜿蜒曲折的枝条、错落有致的花蕊、简繁适度的花朵便跃然纸上。在张大千的发小、四川美术家协会原副主席晏济元（1901—2011）看来就是"着花点蕊，尤为精到，似有暗香扑鼻之感"；用蜀中才女黄稚荃的话说则是：

> 先生以书写梅，厚朴老辣，融诗、书、画、印于毫端，工写兼长，巧拙兼施，典雅而颇有书卷气。

黄稚荃的评价一语中的，因为罗文谟是赵孟頫"书画本来同"的践行者,以书法笔法为基础绘画,执简御繁,写意传神。

比如画竹,罗文谟认为可用篆书法画竹竿,草书法画竹枝。一次,他对替自己研墨的次子罗荣泉说:

写字有行款,画竹也有行款;写字有疏密,画竹也有疏密;画墨竹下笔后不能修改,一笔之差,全幅作废,这也与写字一样,写好的笔画不能再填。

这既是罗文谟的艺术主张,也是其"坦荡如砥,方正无畏"的人生写照。

004

四川美术协会

*

刘开渠的后盾

张大千的推手

如果非要一较高下,"双清"之中,罗文谟跟西泠印社首任社长吴昌硕一样,尤爱梅花。

梅花长在野外,抗雪耐寒,自古就被认为是坚贞不屈和幽雅高洁的象征,1949年以前,曾一度被定为"国花"。

自喻"梅痴"的张大千有诗云:

殷勤说与儿孙辈,识得梅花是国魂。

在罗文谟看来，梅花不仅是国魂所系，更寄托了他的爱国情怀。

国，是人的聚合。不爱国人，不爱大好河山，不爱悠久灿烂的文化，却声称爱袁世凯，爱段祺瑞，爱冯国璋——这种"爱国"，恐怕水分有点大。

罗文谟的爱国，不唱高调，不搞投机。无论是早年的针砭时弊，激扬文字，还是后来的操刀治印，调色练笔，其作品无不彰显出悲天悯人的赤子之心。

也唯其如此，才能有异乎寻常的艺术直觉。

罗文谟坚信诗、书、画、印是相通的，一幅画上所题诗句的意境与所题款识的书法，包括二者的布局，都要与构图相辅相成。

山石苍劲，则款书遒劲；林木秀致，则款书秀媚。款题字数多，就在其侧用印；款题字数少，就在款脚用印以续之。

总之要使图中元素融为一体，彼此增色。

推而论之，罗文谟认为所有艺术形式皆有共通之处，可以互相借鉴。因此，丰富的人生体验是艺术灵感的无尽源泉。比如吴道子观裴旻舞剑而悟丹青之精髓，王羲之观鹅掌拨水而通用笔之奥妙。只要随处体认，用罗文谟的话说便能"鱼跃鸢飞，风起云涌，一草一木之微，皆可于其挥毫运笔时为腕底之助也"。

故此，罗文谟不仅在书画界一呼百应，还与各界闻人时相过从，如政府高层于右任，昆曲大师俞振飞，摄影先驱郎静山，音乐家马思聪、蔡绍序，以及学界清流朱自清、梅贻琦、蒙文通、罗家伦和朱光潜,甚至跟共产党员郑伯英、张秀熟(与巴金、沙汀、艾芜和马识途并称"蜀中五老")也亲密无间。

身在官场,罗文谟却无意于宦海弄潮,也并非叶公好龙的"学者型官员"。

他多次奏刀,替潘天寿(1897—1971)刻印,深受其喜爱,日常衿盖;他仰慕陈洪绶,好临其画,被徐悲鸿誉为形神兼备,几可乱真;而他的书法,则被冯灌父概括为"气势恢宏""浑厚雅致""蹊径独辟""令人叹服"。

令艺术家叹服的不单单是罗文谟的艺术造诣,更是其全心全意、任劳任怨的服务精神。

1938年,日后的人民英雄纪念碑浮雕作者刘开渠(1903—1993)抵达成都。

五年前,他留法归国,鲁迅告诉他,以往的雕塑都是塑佛,现在该塑人了。

四年前,他在西子湖畔完成巨型雕塑"淞沪抗日阵亡将士纪念碑",名播四海。

而今,他想在大后方继续用雕塑宣传抗战。

罗文谟慧眼识英,联合蜀艺社同人向当局游说,争取经费,终于玉成了他三件重要作品:王铭章铜像、饶国华铜像,以及川军抗日阵亡将士纪念碑。

王铭章和饶国华均为川军师长,前者在台儿庄战役中牺牲,后者在南京保卫战中殉国,都被追赠为陆军上将。而川军抗日阵亡将士纪念碑又称"无名英雄纪念碑",今在人民公园东门外,已是蓉城地标。

创作过程中，虽不缺罗文谟的慰问和勉励，但也异常艰辛。

由于缺少翻砂铸铜的设备，刘开渠不得不因陋就简，土法上马。他亲自指挥工人操作，结果未能将铜像完整地一次铸成。

绝望关头，他想到妻子和罗文谟对自己的倾囊相助，决心奋起一搏，尝试把铜像分成几个部分翻铸，再合为一体，终于成功。

刘开渠用作品折服了罗文谟，而他本人也在四川省立艺术专科学校（四川美术学院前身）谋得一份教职。

1948年，该校校长李有行因同情学生运动而被省教育厅厅长任觉五罢免。

任觉五想聘罗文谟兼任校长一职，罗文谟坚辞不就，向他推荐了刘开渠。

事实上罗文谟培养的画家不少，光知名的就有朱佩君、祁博文和叶正昌，而且无论是私立的南虹艺专还是这所省立的艺术专科学校，他都是主要的创始人。之所以不愿当校长，盖因时间有限，要把精力都投入到四川美术协会上。

1941年，在张采芹和林君墨的协助下，罗文谟将蓉社、蜀艺社合并为四川美术协会（以下简称"美协"），由张群挂名会长，由省政府秘书长李伯申挂名副会长，自己则退居幕后担任常务理事，主持日常工作。

为给美协争取活动和办展的固定场所，罗文谟日夜奔走，四处化缘，终于在少城公园落实了一栋房屋，展厅有200平方米。

自此，美协的发展步入快车道，会员很快超过200人，美术界的泰山北斗齐聚一堂。

仅1942年一年，美协便举办大型书画展35场，漫展、摄影展、音乐会、艺术沙龙和文化讲座更是不计其数。

潘天寿人在昆明，分身乏术，便把所有作品都寄到美协，罗文谟替他在成都举办了远程画展。

张大千敦煌归来，美协联合教育部先后在成都与重庆举办"张大千临摹敦煌壁画展览"。同时，美协还出版画册《敦煌临摹白描画》与《张大千临摹敦煌壁画特集》，发行《张大千临摹敦煌壁画特刊》。罗文谟在特刊上撰文，不遗余力地推介敦煌壁画并盛赞张大千：

> 匪独其本身有极大之成就，于中国绘画之起衰救弊亦有莫大之功绩……

对美协和张大千所做的工作，陈寅恪的评价是：

> 自敦煌宝藏发现以来，吾国人研究此历劫仅存之国宝者，止局于文籍之考证，至艺术方面，则犹有待。大千先生临摹北朝唐五代之壁画，介绍于世人，使得窥此国宝之一斑，其成绩固已超出以前研究之范围，何况其天才独具，虽是临摹之本，兼有创造之功，实能于吾民族艺术上别创一新境界，其为"敦煌学"领域中

不朽之盛事，更无论矣。

而当时已因漫画出名的叶浅予（1907—1995）也受到震撼，决心转型，向张大千学习国画，专攻舞蹈人物。1984年，时任中国美术家协会副主席的叶浅予在回顾40年前的那场展览时，仍感慨其"震动了学术界和美术界"。

罗文谟把四川美协办成了"中国文艺复兴根据地"，不仅替齐白石、张大千、黄宾虹、蒋兆和、刘海粟、吴作人、傅抱石（1904—1965）、谢稚柳（1910—1997）、赵少昂（1905—1998）、董寿平、马万里和赵望云等大师办展，还经常组织社员义卖书画，慰劳伤兵，捐献衣物，救济难民，以至于身在重庆的徐悲鸿激动地写信道：

> 成都的文化艺术氛围如此浓厚，艺术家们的热情如此高涨，实皆有赖于四川美协诸公尤其是采芹、文谟二兄的操劳奋斗，弟实为之感佩不已！

005

鸿文嘉谟

众矢之的徐悲鸿
浑身是胆吴一峰

1942年,罗文谟在今新城市广场以西的三道街购置一宅,取名"双清馆"。

双清馆坐北朝南,一亩见方,砖砌的大门上嵌有横额,刻着谢无量(1884—1964)题写的"静盦"二字。

盦同"庵",静盦者,宁静致远也。

双清馆是座藏宝库,有清末探花商衍鎏手书的《正气歌》,有草书圣手于右任题写的黑漆金字大匾,还有谢无量、刘咸荥和余中英（1899—1983）等人撰写的对联。

其中，冯灌父之联嵌入"文谟"二字，堪称巧妙：

文章自古光家国，
谟典于今著庙廊。

回眸往昔，不难想见双清馆内座上客常满，樽中酒不空的盛景。

然而，相识满天下，与罗文谟最相知者还是张大千与徐悲鸿。

罗、张二人相逢于上海，因志趣相投，又都爱梅，便结下墨缘，渐成至交。

抗战初期，张大千回川，客居青城山上清宫。1939年夏，罗文谟亦应约上山，住在玉清宫，同张大千相互切磋，相互题咏。

张大千曾为罗文谟画《岁朝清供图》，还在罗荣汉随父拜年时送了他一张《墨猿》。

荣汉时年七岁，抱怨《墨猿》黑乎乎的没有色彩。张大千哈哈一笑，又当场给他画了幅《迎喜图》。

这一年（1944）春节，张大千确实喜迎丰收，因为"张大千临摹敦煌壁画展览"轰动全国。

展出期间的一场宴会上，有人提议张大千讲个笑话助兴，张大千笑道：

君子动口，小人动手。我是小人，只会动

手画画,不会动口说笑话。还是请文谟兄说一个,文谟兄是大学教授[2],是动口的君子。

罗文谟思忖片刻,灵机一动道:

我的名字是文谟。文谟者,文人莫言说也,可见该请武人来说。岳军[3]先生是岳家军,请岳家军说。

张群不肯示弱,道:

我们都是四川人,四川人讲的是川言。川言为训,谁愿意听训?

眼看笑话讲不成,为免冷场,罗文谟道:

川言为训是有根据的。四川人被下江人[4]称作"川耗子",有人说是因为他们觉得四川人狡猾,其实这是一种误解。耗子是老鼠,老鼠是"老叔"的谐音,"川老鼠"原本该叫"川老叔",起源于明末清初。当时湖广向四川移民,

---

2. 罗文谟当时兼任华西大学和燕京大学等校教授。
3. 张群的字。
4. 长江下游地区的人。

来的都是年轻力壮的，年老体弱者都留在了原籍。移民在四川扎根创业，年迈后不免要回湖广寻根探亲，此时老一代父兄皆已故去，见到的都是子侄辈的年轻人，被这些人尊称为"川老叔"。老叔跟小辈讲话，可不就是训话吗？因此，川言为训只是对下江人而言，川人和川人就不存在训话的问题了。

众人附议叫好，却有一人盯着张大千满口的络腮胡发难，提议由座中胡子最长者讲笑话。

张大千不再推却，娓娓道来：

三国时，刘备出师伐吴，关羽之子关兴和张飞之子张苞争当蜀军先锋。刘备左右为难，只好命二人各自述说其父生前战功，再做定夺。张苞摆了许多功绩，如夜战马超、智取瓦口、义释严颜。关兴口吃，良久方说："我父人称'美髯公'，须长数尺，先锋该我来当。"此时关云长正伫立云头倾听，闻言大怒，说："不孝子，为父当年斩颜良、诛文丑、过五关、杀六将、水淹七军、单刀赴会，这些你都不讲，偏在我的胡子上做文章！"

话音方落，众人回过味来：他是借关羽之口挖苦那个发难之人。

此人来自外省，讪讪道："川言为训，四川人的嘴果然厉害！"

罗文谟打圆场道："大千兄自称是只会动手的小人，小人讲笑话，童言无忌！"

张大千顺势自嘲道："我是小人，我是小人。"

尴尬的气氛烟消云散，举座皆欢。

半年后的端午之夜，罗文谟与谢稚柳等人在张大千的大风堂（因仰画家张大风，故将画室取其名）雅聚。

张大千根据民间习俗为罗文谟画了幅扇面《五毒五瑞图》（五毒指蛇、蝎、蜈蚣、壁虎和蟾蜍，五瑞指大蒜、香蒲、艾叶、枇杷和石榴花），寓意驱邪纳吉。而在扇页的另一面，则由谢稚柳题字以记其事。

这并非张大千第一次为罗文谟创作扇面。

双清馆主收藏的扇子里，最珍贵的一把当属徐悲鸿与张大千的珠联璧合——前者在一侧画猫，后者在另一侧临写《瘗鹤铭》。

其实，徐悲鸿向来不喜画扇面，唯一的破例就是罗文谟。

1925年，徐、罗二人相识于上海，后虽天各一方，却始终保持联系。

抗战爆发后，徐悲鸿随国立中央大学西迁重庆，因其恋人廖静文在华西坝念书（金陵女子文理学院），故常往来于蓉、渝两地。

罗文谟把徐悲鸿引入成都的书画圈，徐悲鸿则替罗文谟画了幅《秋风立马图》。

徐悲鸿笔下的马大多偏瘦，且无背景，而送罗文谟的这幅却配有迎风摇曳的柳树，马身也比较丰腴，表现出秋高马肥的意境。

然而，与淡雅的画作相比，现实要复杂得多。

彼时的画坛，国画理论上的新旧之争愈演愈烈。新派强调外法自然，主张国画也应反映真实生活；旧派强调尊重传统，主张国画继续超越现实。

罗文谟是折中派，既承认"近数十年来，欧风东渐，西洋艺术大举输入中国，外来情调与民族风格交融杂糅，我国艺术正逐步发生转变"的事实，又对此持兼容并包的态度：

> 欲求我国艺术再现辉煌，必须首先尽力发扬民族本位精神，同时又从外来文化吸收营养。

推陈出新的立场体现在美协的组织架构上便是九个下属的研究会：中画、西画、漫画、版画、雕塑、金石、书法、摄影和装饰。

如此搭建，旨在广泛吸纳各方面的美术人才，打破"文人画"一统天下的局面。

可惜，保守派积习已久，墨守成规，始终反对在国画中融入西画技法，对用"抱石皴"打破笔墨约束的傅抱石大张挞伐，导致国立中央大学艺术系主任徐悲鸿忍无可忍，趁美协在成都替他举办个展之机开始搞事情。

展前，徐悲鸿画了幅山水作品，题词道：

嘉陵[5]山水，气象万千，蜀中画家，对之漠然，此理之奇也。

很明显，倡导国画革新的徐悲鸿在讽刺守旧派脱离现实。

一时间群情哗然，攻讦不断，罗文谟不得不出面疏通，消除隔阂，终使画展如期举行。

开幕式上，罗文谟致辞力挺徐悲鸿，说其画马的神来之笔得力于长期写生积累的内功。

当天的展品里既有油画，也有"中体西用"的国画，时代气息浓郁，表现手法精湛。徐悲鸿凭实力验证了自己的理论，赢得观众的交口赞誉。

为进一步表达对徐悲鸿的支持，罗文谟陪他到窦圌山写生，并画了本纪游册页（又称"小品"，书画的一种装裱形式，尺幅不大，易于保存）。

窦圌山位于川北，海拔不过1100多米，在千岩万壑的四川并不突出。但它奇在山巅有三座高约一百来米的山峰，峰间由铁链相连。链分上下两条，上链供人手握，下链供人脚踏。三峰峰顶均有古庙，自西向东分别为东岳殿、窦真殿和鲁班殿。其中，只有东岳殿所在的西峰有险路可通。

从古至今，到访窦圌山的文人墨客不少，但胆敢一试铁链的却绝无仅有。1933年，追随黄宾虹至蜀的吴一峰冒死表演了一把"铁索飞渡"，成功抵达东峰后，山间的香客与游客纷纷喝彩，掌声不绝。

吴一峰激动道："自古称蜀中有四大名景——峨眉天下秀，青城天下幽，夔门天下险，剑门天下雄。我以为蜀中应有五大名景，还要加上窦圌天下奇。"

自此，吴一峰多次登临窦圌山，从不同角度取景创作，刷出"吴窦圌"的称号。

吴窦圌在四川待了十五年，踏遍名山大川，终于新中国成立之初以一幅24米长卷《嘉陵山色》功成名就。

该卷融合了"水墨""彩墨"和"青绿山水"等技法，将春夏秋冬、风晴雨雪、朝晖夕霞、云海雾障等自然景观表现得淋漓尽致，被谢无量赞为：

画出百工开物手，今吴生胜古吴生。

所谓"百工开物"，指吴一峰的这次创作是应中国美术家协会之邀，带有记录宝成铁路修建现场的任务；所谓"古吴生"，指画过《嘉陵三百里》（已失传）的吴道子。

《嘉陵山色》竣稿时，徐悲鸿已去世三年。

十二年前，窦圌山的采风之行结束后，徐悲鸿给罗文谟的册页题签，并在跋语中为开辟新国画指明了方向：师法造化，重视素描。人物必具神情，山水须辨地域。

平心而论，徐悲鸿虽是国画领域的革新派，但由于他留法时师从的多为写实派画家，故其在西画方面是个不折不扣的保守党，对当时欧洲新兴的野兽派和抽象派嗤之以鼻，把马蒂斯的译名改为"马踢死"。

不过，这并不影响他薪传八方，绛帐春融。

---

5. 泛指川渝。

吴作人、艾中信与岑学恭等一批悲鸿传人相继登上历史舞台，给现代美术注入了源源不断的活水。

1993年，徐悲鸿的遗孀廖静文为来访的罗文谟三子罗荣陶题字：

> 怀念罗文谟先生。斯人已逝，艺术长青。

2001年，罗荣陶再次造访，并请廖静文在他收藏的一幅由荣宝斋复制的群马图（徐悲鸿作）上题字。廖静文深情地写下：

> 览之深感岁月易逝，故旧凋零，缅怀之情，难以自抑。

十年后，廖静文抱病为即将开馆的罗文谟纪念馆题写馆名。

2015年，92岁的廖静文去世，临终前最后一次接受采访时对记者说："我和悲鸿最美好的时光是在成都度过的。"

006

双雄会

罗文谟与郑伯英的
"国共合作"
诗婢家渐成影响力

蜀艺社时期的罗文谟在黄瓦街租房子住。

这条小路毗邻今天的省委大院,当时是中共成都市委秘密机关的所在地。

一天,一个与罗文谟年龄相仿的男子随林君墨登门拜会。

只见他个头不高,衣着整洁,国字脸上架着副银丝眼镜,举止文雅,态度谦恭。

林君墨介绍说:"他叫郑伯英,是诗婢家的老板。"

1939年夏,罗文谟应张大千之邀携全家去青城山避暑,随行的还有林君墨一家三口。

由于汽油短缺,两家人包租的客车是烧木炭的,发动机早已老化。这台四川省公路局车队名下的破车走走停停,故障不断,开到太阳落山时便彻底熄火,此时距青城山所在的灌县(今都江堰)还有十几公里。

举目四望,荒无人烟,路旁唯有一间小平房,标牌上写着"灌县安德铺公路客车票务站"。

林君墨乐观豁达,笑道:"这个地方叫安德铺,看来今晚我们命中注定该在这里把行李打开安排床铺了。"

罗文谟道:"这里连个鸡毛店都没有,怎么安得下你的铺?要安铺只有到灌县去安。"

所幸票务站里有公路专线电话,而省公路局局长牛范九与罗文谟相熟。

一通电话打过去,牛范九承诺派一辆烧酒精的卡车赶来救援。

考虑到卡车紧赶慢赶也要几个小时,百无聊赖的罗文谟对林君墨道:"我想了一个下联,'安德铺安不得铺',你能不能补个上联?"

林君墨冥思苦想,最后摇头作罢。

罗文谟笑道:"此处叫安德铺公路客车票务站,可简称为'车务站'。因此,上联就是'车务站车偏误站'。"

林君墨闻言,连称"妙极"。

罗文谟又道:"现在天气热起来了,你这个'积善之家'

的'善'恐怕更多了吧?"

林君墨苦笑道:"岂敢,岂敢。这回上青城山,一方面是为了避暑兼躲警报(日军空袭),再一方面也为避免更多地'积善'。"

一旁的罗荣泉不解,悄悄问母亲他们在打什么哑谜。

罗妻告诉儿子,说"积善"实为"积扇"。

原来,林君墨年纪大了,作画迟缓,记性又不好,许多人拿着扇面慕名前来求画,他碍于情面不便拒绝,一概收下。日积月累,扇子愈多,他已对不上号,于是江湖人称"积扇之家"。

林君墨的遭遇并非孤例。

五湖四海的书画家由于战争背井离乡,颠沛流离来到成都。他们之中,多已身无余财,又没有固定收入,只能靠卖字鬻画维持生活,却找不到可靠的销售和收件渠道。

另一方面,真正识货的藏家又不得其门而入。

这就给了无偿索画者以可乘之机,令马万里、黄君璧(1898—1991)深恶痛绝,徐悲鸿更是发表声明,让这帮人免开尊口。

当然,你要有齐白石的威望,也可在自家客厅开门见山地贴张门条:卖画不论交情,君子有耻,请照润格出钱。

然后放出声去,说自己拒绝讨价还价,因为"亏人利己,余不乐见"。

齐白石的润例甚至细到"花卉加虫鸟,补10块大洋;藤萝加蜜蜂,补20块大洋"的地步,只因蜜蜂更难画。

然而,很多还在事业上升期的画家不可能像齐白石那般任性（齐白石的门条还有震慑窃画贼的"去年将毕，失去五尺纸虾草一幅。得者我已明白了"），故只有等郑伯英与罗文谟相会，方才找到明路。

原来，蜀艺社同诗婢家携手与共，入蜀画家只需先到社里登记，订好润格后专心创作即可，作品由诗婢家统一装裱，公开出售。

1938年，北平画家董寿平来蓉，住在暑袜街的一间旅馆里，衣食无着。

为解决吃饭问题，董寿平找到罗文谟，说自己想开画展。

罗文谟请张采芹借了个场地（张采芹兼职的银行有闲置房间），并介绍诗婢家替董寿平裱画。

董寿平在京时是琉璃厂的常客，对书画鉴赏和装裱业务门儿清。于是，郑伯英在给董寿平裱画的同时也学到不少先进经验，包括故宫装裱古书画的技术。

画展的顺利举行让董寿平渡过难关。晚年的他被称作"黄山巨擘"，时誉甚隆，但在他看来，当得起"德艺千秋"四个字的只有罗文谟。

而在罗文谟眼中，德艺双馨的郑伯英才是令他既惊喜又佩服的"工匠精神"代言人。

每回办展，几十上百幅作品，罗文谟直接甩给诗婢家。郑伯英从不因任务重、工期紧便应付差事，而是在用料、配色和拓裱等各个环节严格把关，保证质量。由于交货及时，收费合理，罗文谟还托郑伯英装裱手卷与册页。

通过反复实践，博采众长，诗婢家形成了自己独特的裱画工艺。

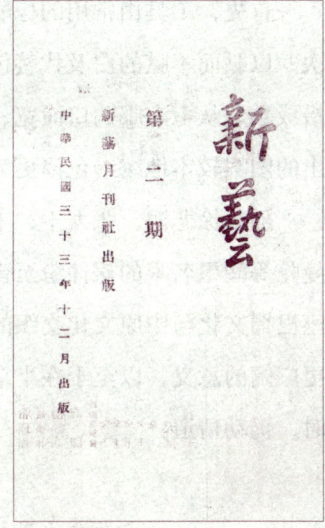

← 民国杂志上刊登的诗婢家广告

首先，工具由常用的棕刷改为细致的毛笔或排笔；其次，以黏而不腻的白及代替传统的糨糊、胶水；最后，不惜成本地从上海邮购口面宽、花样好、质地薄的杭绫，织出的图案较本地绫绢色泽更为鲜艳，美观大方。

随着徐悲鸿、张大千、丰子恺、马万里、赵望云、郑曼陀等翰墨名家的裱件纷至沓来，致知力行的郑伯英在这座巴蜀文化与中原文化交织的舞台上找到比掩护革命活动更广阔的意义，以至于在半个世纪后的人生终点回首往事时，仍动情道：

> 我常常这样想，凡是一件事情，只要你用心去研究，既要师古，又要创新，自然你的工作就会有成就。古代书画流传到现在，由于经历时间很久，损坏的情况不一，通过装裱，就是要使它起死回生，恢复本来面目。同时，一张书法或一张名画，通过精工装裱，为之生色，而原作的分行布白和阴阳向背也更突出，悬在壁上，或则气势磅礴，铁画银钩；或则遥山近水，气韵生动，使鉴赏的人，流连忘倦，如亲晤对。这固然是书画本身的高度艺术吸引力，但"绿叶扶持"全靠装裱，搞这项工作是要下功夫的。

007

千岩竞秀
万壑争流

佛知空而执空

道知空而戏空

儒知空而执有

诗婢家结缘艺术家

艺术家心系儒释道

1937年的一天,郑伯英在铺子上看见一个中年男子手持画卷,向伙计诉说着什么。

凭直觉,他过去请此人打开画卷,登时眼前一亮。

问其姓名,却是黄君璧。

佛山人黄君璧入蜀前的画作基本以临摹为主。

由于南宗北派,无所不临,黄君璧的画功受到张大千的高度认可:

石一脉，三百年来惟吾友黄君璧独擅其秘。自与订交，予为搁笔，敬之畏之。

然而，虽因临仿在画界声名鹊起，但黄君璧并未形成自己的风格，直到他辞去教职，云游四海，在抗日军兴之际来到嘉陵江畔。

黄君璧开始反思写生与临摹的关系，指出：

> 时至今日，从事丹青者，每有不察其利害轻重，贪图便利，而专事"临摹"，故初学者多"因袭苟且"，欲其有新兴之作，其可得欤？

认识上的突破让黄君璧居蜀期间的艺术造诣不断精进，成为他绘画事业上最关键的转折期。

1949年，黄君璧迁居台湾，被宋美龄礼聘为国画教师，与张大千、溥心畬并称"渡海三杰"。

后半生是他的大成时期，一方面日月潭、阿里山和太鲁阁等名胜相继入画，另一方面黄君璧发现在海洋性气候的自然景观里，山川往往笼罩于云蒸霞蔚之中。

因此，他把古人表现云的不同方式与现实景观相结合，创作出令人赞叹的《阿里山云海》。

《阿里山云海》里的云一改古代留白的手法，也不似黄君璧以往画云那样飘浮在空中，而是驻留并覆盖在一个宽广的平面上，令人心旷神怡。

寻幽览胜的黄君璧晚年不忘蜀中山色，总结道：

> 画家欲穷其妙，必多游览名山大川，方知烟云出没、峰峦隐显之态，自能心领神会。余曩游峨眉，山容树色，朝云暮霭，早晚之状不同，阴晴之态各异，变化无尽，于是心中略有所怀焉。

除了云海，黄君璧还擅画瀑布，曾在古稀之年包了架飞机绕着世界三大名瀑（伊瓜苏瀑布、维多利亚瀑布和尼亚加拉瀑布）盘旋观察，并打破"细线勾绘水纹"的传统画法，以勾勒、渲染和皴擦三结合的方法表现水气的升腾与浪花的奔涌。

在满目"层层坠落的水花"中，飞瀑如练，似闻其声，看呆了观者，也折服了张大千：

> 云瀑空灵，吾仰黄君璧。

然而，拜访诗婢家时，黄君璧正处于人生的低谷。

他流寓成都，身无长物，除了一堆画作。

一番攀谈交心后，郑伯英决定给黄君璧办展。

他把黄君璧从旅馆接到家中，使之安心作画，并与其签订展出合同。

为预热"黄君璧山水画展"，郑伯英先在圈内放出风声，再联系各路买家，最后请曾默躬（1880—1961）压阵，出资在报纸上大力宣传。

花甲之年的曾默躬是成都本土的艺苑宗师，曾为马一浮造像。齐白石视其为"神交之友"，把他跟"扬州八怪"之首金农相提并论，盛赞道：

> 今之刻印者，惟有曾默躬删除古人一切习气而自立。

郑伯英的努力没有白费。

开展之日，冠盖云集，名流纷至，黄君璧的作品被一扫而空，他本人也接到了国立中央大学艺术系的聘书。

此次画展开了个先河，即直接在画作下方根据尺寸明码标价。艺术得到了尊重，知识付费的共识也在普罗大众之中渐次成形。

不久，关山月（1912—2000）的画展也开幕了。

关山月是"岭南画派"创始人高剑父的弟子，由广东经广西到西南进行写生旅行，抵达成都时已身无分文。

想筹措旅费，只能办展卖画，可年未三十的关山月当时只是个无名之辈，连装裱费都出不起，谁肯替他冒险呢？

罗文谟把他带到诗婢家，替他担保，郑伯英同意先展出后付费。

然而，开展当天，门可罗雀。

关山月正一筹莫展，却见罗文谟携张大千前来捧场。

张大千问他定价最高的画是哪幅，关山月诚惶诚恐地把二人领到《峨眉烟雪图》前。

张大千远观近瞧，左右欣赏，捋须颔首道："好，画得好！"

语罢,转头让关山月贴上红纸条,表明这幅画他买了。

关山月喜出望外,直到四十多年后,已是中国美术家协会副主席的他回想起这一幕时,仍激动地写道:

> 自从此画挂上了张大千的红纸订条后,许多不懂画的买主也纷纷争购我的作品。正当我流落异乡,像行脚僧一样靠自己的手脚来养活自己的艺术,而且正处在被逼债的窘地,大千先生于此时伸出了援手,真叫我感激涕零!

有了关山月的成功案例,郑伯英的心态更加开放——想赊账装裱举办展览的书画家,只要担保人可靠,均慷慨接受。

同时,诗婢家还推出书画预订的业务,并经销求购者所需的纸张、册页、扇面和文房四宝,影响力与日俱增,在将蜀艺社推波助澜为四川美术协会的同时,使成都成为全国的艺术中心。

而郑伯英,也结识了一位金兰之交,他就是"岭南画派"第一代传人里的旗帜赵少昂(1905—1998)。

赵少昂入蜀,一是因为广东和香港相继沦陷,二是应徐悲鸿之召。

徐悲鸿与赵少昂笔墨交游极多,动辄联手作画,视彼此为最好的水墨知己。

赵少昂擅长花鸟,徐悲鸿在给胡适的信中曾说:"赵君花鸟为中国现代第一人,当世罕出其右者。"

25岁那年,赵少昂的作品在参加比利时万国博览会时斩获金奖,一炮走红,国民政府主席林森和德国驻华大使陶德曼争相收藏其画。

事实上,赵少昂之所以能征服西方人,在于他不拘泥传统,不迷信新说,唯将西画里的透视、色彩和素描与国画的写意融会贯通,自成一体。而这,也是徐悲鸿对其推崇备至并代表国立中央大学艺术系聘其来川的重要原因。

对赵少昂的爱,徐悲鸿凝聚在一首诗里:

画派南天有继人,赵君花鸟实传神。
秋风塞上老骑客,烂漫春光艳美深。

对郑伯英的爱,赵少昂凝聚在离川前的饯行宴上即兴而作的画中,款识为:

鸟啼花落黄昏,伯英先生惠教,少昂。

赵少昂在四川虽只待了一年,但他后来回忆说那是他艺术生涯中最充实的一年。并且,入川和出川途中所作的大量写生画稿,为他日后的创作提供了永不枯竭的灵感与激情。

除了画家,诗婢家也跟很多书法家结下不解之缘,帮他们之中的刘咸荥、谢无量、谢稚柳和公孙长子等人接件。1999年,由中国文联主管、中国书法家协会主办的中文核心期刊《中国书法》根据读者和专家投票,评选出"20

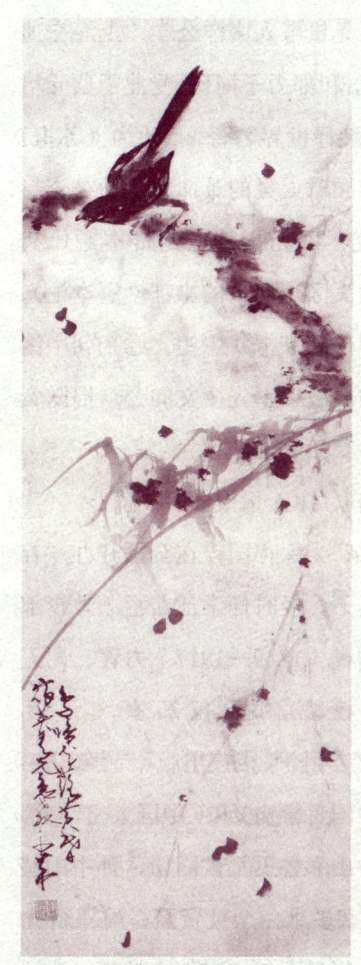

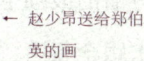
← 赵少昂送给郑伯英的画

世纪十大杰出书法家"。其中,谢无量位居第八,排在齐白石和李叔同之前。

乐至(今属资阳市)人谢无量自幼随父迁居安徽,6岁时自著诗集一本,与私塾同窗马一浮订交,拜其岳父汤寿潜(清末立宪派领袖)为师。

在汤寿潜的鼓励下，谢无量考入南洋公学（上海交通大学前身），跟李叔同、黄炎培和邵力子同班，受业于蔡元培。

在校期间，谢无量一边翻译世界名著，一边为《苏报》供稿，直至报纸因发表邹容和章太炎的革命文章而被查封。

受"《苏报》案"牵连，谢无量被迫到日本避风头。翌年归国后，收到马一浮由美国带回来的半部《资本论》。

三年后，谢无量赴京担任《京报》主笔，卷入朝中清流弹劾首席军机大臣奕劻的风波（率先撰文向公众揭露奕劻卖官给段芝贵）。

《京报》因此被勒令停刊，谢无量失业。

不久，清廷应张之洞之请，为保存国粹在全国开办"存古学堂"七所，成都亦居其一。经时任学部左丞（教育部部长助理）的蜀中前辈乔树楠（1849—1917）力荐，谢无量就任四川存古学堂监督（校长），时年仅25岁。

1912年，谢无量离川，翌年赴沪，接连出版《诗经研究》《楚辞新论》《佛学大纲》《中国哲学史》和《中国大文学史》等著作，名扬四海，连孙中山和鲁迅都被圈粉。孙中山甚至专函约见，恳切道："国家多难，全仗贤豪，群策群力，方能济事，望先生（本周）每日下午4时驾临敝寓，会议进行，是所盼祷。"

1924年，谢无量成为孙中山的机要秘书，随其北上。半年后，孙中山去世，谢无量辗转于各大高校，于1931年成为国民政府监察院监察委员。

"九一八事变"后，由于孜孜不倦地痛斥蒋介石的不抵抗政策，谢无量在沪上创办的杂志被查禁。

1940年，回到成都的谢无量卖字为生，与诗婢家结缘。时值抗战，米珠薪桂，困苦的谢无量通过这门"营生"居然还能偶尔开个荤。

一次，他慕名前往东大街(今太古里以南)的网红店"味之腴"打卡，一进门就看见招牌上的三个字功底不凡，忙向店主打听出自何人之手。

获知真相后，谢无量哈哈大笑。

原来，"味之腴"主营炖肉，五个股东里四个都是公务员，文化素养不低。

腴者，肥也，店名倒是切合炖肘子的特点，可由谁题写店招呢？

五人思来想去，干脆就找东坡肘子的发明人苏轼，从他作品里摘出这三个字，没想到收效甚好，慕名而来的食客络绎不绝，被鸡汤慢煨、肥而不腻的肘子所征服，再配上一盘红油凉拌鸡，顿感人生圆满。

1942年，谢无量应马一浮之邀到其位于乐山乌尤寺的复性书院任教。次年，在弟子蒙文通的推荐下出任国立四川大学中文系主任。

1947年，国民代表大会召开，谢无量作为乐至县的代表奔赴南京。选举总统时，他拒选蒋介石，把票投给了国民党元老居正。

新中国成立后，谢无量接受毛泽东的宴请，当过人民大学的教授和中央文史研究馆（正部级文史研究机构）副馆长。

谢无量最擅行草，其字人称"孩儿体"，博得了沈尹默的赞赏（上溯魏晋之雅健，下启一代之雄风，笔力扛鼎，奇丽清新）和于右任的称许（笔挟元气，风骨苍润，韵余于笔，我自愧弗如）。

其实，著作等身的谢无量并不以书家自居，写字只是他直抒胸臆的一种方式。

正因没有思想包袱，谢无量的字几乎看不到技巧和前人的影子，纯粹在写自己，而那些耐人回味的意境却从字里行间自然而然地流露出来。

"孩儿体"看上去稚拙平淡，实则博大精深，背后有常人不易企及的学养在支撑。盲目效颦，任笔为体，只会适得其反，用书法家吴丈蜀在《跋谢无量先生自书诗册并序》里的话说就是：

> 成家岂是临摹得，造诣全凭字外功。

事实上，南宋诗人严羽早在《沧浪诗话》中点破这一奥秘：

> 盛唐诸人，惟在兴趣。羚羊挂角，无迹可求。故其妙处，透彻玲珑，不可凑泊。如空中之音，相中之色，水中之月，镜中之象，言有尽而意无穷。

008

连林人不觉
独树众乃奇

*

老当益壮齐白石
特立独行陈子庄

虽被张大千视为画功同自己不分伯仲的一世之雄,但谢稚柳更突出的成就还是在书画鉴定上。

他长期担任国家文物局全国古代书画鉴定组组长,属于"艺术鉴定"流,比"学术鉴定"流的启功和"技术鉴定"流的徐邦达技高一筹。

通过哥哥(著名词家谢玉岑)结识张大千时,谢稚柳年仅弱冠,初出茅庐,而彼时年长他11岁的张大千业已名动九州。

二者一见如故，谢稚柳成为张大千口中的"柳弟"，被大风堂门人尊称为"师叔"。

1933年，谢稚柳与张大千同游黄山。

黄山是张大千笔下的重要主题，若非天不假年，曾自治"三到黄山绝顶人"印的他，终焉之作将是应历史博物馆之求所画的一张长达三十六尺的《黄山图》。

然而，登黄山对当时的画家而言可谓"富贵险中求"，在张大千眼中就是：

> 黄山风景，移步换形，变化很多。别的名山，都只有四五景可作，黄山前后海数百里方圆，无一步不佳。但黄山之险，亦非他处可及，一失足就有粉身碎骨的可能。

最险处乃宽仅一米的"鲫鱼背"，是一道十来米长的陡径，两侧无栏杆，下面就是云海翻腾的万丈深谷。

谢稚柳望着"鲫鱼背"对面如婴儿般四肢并用爬过来的游客发愣，张大千道："此处很危险，不过去了吧。"

谢稚柳有些踌躇，却见张大千已走了过去，年轻气盛的他便也迅速跟上。

大风拂衣，吹人欲倒，整个过程惊心动魄。

当天，正巧徐悲鸿也带国立中央大学的学生登山，谢、徐由此相识。

1937年的春夏之交，谢稚柳、张大千、黄君璧、方介堪和于非闇共游有"东南第一山"之称的雁荡山。

方介堪是张大千的莫逆之交,一生治印四万余方,郭沫若叹为"炉火纯青"。张大千最常用的"张爰之印"白文(又称"阴文",印面上的字凹入)和"大千居士"朱文(又称"阳文",印面上的字凸起)即出自其手,曾任西泠印社副社长;于非闇专学赵佶,在工笔花鸟领域独领风骚。

雁荡山上,五人下榻雁歌山房,遇乐清(今属温州市)县长索画。

画画不难,难的是诸公都没带印。于是,方介堪现场刻章,治了枚著名的"东西南北之人"印。

"东西南北之人"语出《礼记》,指周游列国、漂泊不定的孔子。方介堪化用典故,借以指代来自大江南北的蜀人张大千、蓬莱于非闇、永嘉方介堪、南海黄君璧以及常州谢稚柳。

北方人于非闇是个畏水的旱鸭子,此行是应张大千之约而来。下山后,一行人经过绍兴东湖,坐上一艘狭长的游船。

该船不能并坐,乘者不可乱动,否则便会左摇右晃,随时都可能倾覆。下船后,心有余悸的于非闇脸色苍白,大骂张大千几欲置他于死地。

众人闻言,相视大笑。

抗战开始后,谢稚柳通过张大千结识了罗文谟与郑伯英。1940年,他成为于右任的秘书,两年后被张大千"要"到了敦煌,助其一臂之力的同时编写了两本巨著——《敦煌石窟集》和《敦煌艺术叙录》。

张大千对柳弟颇为倚重,提携有加,需要撰文或题画时，常交其代笔。奈何1949年张大千离开大陆去了台湾，兄弟俩从此天涯阻隔，再未谋面。

所幸音书并未断绝，张大千还以南美的牛耳毫毛特制了50管吸水饱满而仍有筋骨的画笔，取"执牛耳"之意，笔杆上刻字"艺坛主盟"，分赠给毕加索和谢稚柳等重要朋友。

"主盟"虽有过誉之嫌，但在书画鉴定方面，过眼过无数真假文物的谢稚柳的确无人能匹，用沈曾植（清末安徽巡抚，著名书家）的弟子、誉满扶桑的书法家王蘧常的话说就是：

> 君之鉴别古迹真赝，往往望气而知神遇于牝牡骊黄之外[6]。鉴既定，如南山之不可移，人或不信，但久而后君言卒验，予曰君古迹[7]之九方皋[8]也。

谢稚柳曾创造性地提出"性格说"，认为字画皆有性格，只有抓住这条本质，才能参透真伪，因为画家在不同时期的水平有高有低，画风也可能临时改变，而这些变量都会影响鉴定者，干扰判断。

---

6. 指透过现象看本质。
7. 文物鉴定方面。
8. 春秋时的相马大师。

具体到"术"的层面，谢稚柳秉承两大原则。一是严谨的文献考证，二是大量接触实物，积累经验。他总结道：

> 对古人作品的真伪，如果采取严的态度，说它是假货，是伪作，那是很容易的事；要看真，要肯定它，是很费功夫的。特别是有争议的作品，更不能轻率地把它否定，打入冷宫。有时不妨多看几遍，多想一想，有的画是看了思索了若干年才决定的。有些画这一代人决定不了，让后来人再看。对画就像对人一样，要持慎重态度。

齐白石入川，态度就很慎重。

来蓉的动机，一是川军军长王缵绪一再邀请，二是齐白石的二姨太胡宝珠是丰都人，可以借机探亲。

王缵绪是刘湘的心腹，在其死后当过一年多的省政府主席。

本来轮不到他，因为蒋介石直接任命了张群。奈何四川的地方势力不买账，反对声浪太大，这才收回成命，暂以王缵绪过度。

1936年初，72岁的齐白石携宝珠及幼女良芷翩然入蜀，下榻于王缵绪的私邸"治园"。

他一边替王缵绪鉴定藏品，一边会见故友新朋，还曾到诗婢家买画裱画，并两游春熙路。

齐白石抵达成都的消息被《新新新闻》刊登在重要版

面后,来治园求画者便连绵不断。因此,齐白石在成都驻足不过五个月,就斩获4000多元(彼时1元即可在北京的长安大餐厅饱食一顿西餐)的卖画润金。可即便如此,他离开时却不高兴,因为王缵绪食言,没给他事先许赠的3000元大洋。这笔钱倒也不算什么"出场费",而是由于游蜀期间,北京方面的大量订单无法及时交付,有损齐白石之名,故予以补偿。

虽如此,川中之行仍收获满满。齐白石见到神交已久的黄宾虹和"同光体"(晚清诗派)领袖陈衍(1856—1937),与军界学生余中英重逢,还同一个叫陈子庄(1913—1976)的小友结缘。

陈子庄是荣昌(今重庆市荣昌区)人,其父乃绘制陶器的民间艺人。

16岁时,陈子庄来到成都,以教拳和卖画为生。后因参加比武大会不小心把身为军部教官的对手给打死了,夺得金牌,受到王缵绪赏识,聘为私人秘书,兼任保镖之职。

王缵绪当省政府主席时,曾奉蒋介石之命谋杀民主人士张澜(1872—1955)。陈子庄与张澜有私交,暗中示警,使其脱险。

1949年,陈子庄参与策划了川军王缵绪部的起义,以国民党少将的身份投诚。新中国成立后历任四川省文史研究馆馆员、省政协委员。

陈子庄是艺林的边缘人士,喜欢骂人,说徐悲鸿的马都是那一匹,"画穷了";说关山月的梅像过去村姑的剪纸,"一个方框框填满,无布局,无组织,无境界,无意趣,无动人的内容，无惊人的技能"。

骂来骂去也没啥动静，只有潘天寿回应道："吾至四川，必晤此人。"

陈子庄不服气，说："我死之后，我的画定会光辉灿烂，那是不成问题的。"

晚年的陈子庄住在仁厚街。

受"文革"冲击，他被抄家批斗，妻子气疯，儿子下放，困窘到"茅椽蓬牖，瓦灶绳床"的地步，却仍坚持在木箱上铺纸作画，直至1976年因心脏衰竭而亡。

改革开放后，陈子庄的画被世人重新"发现"。1988年，中国美术馆展出他的作品时产生了"轰动京华，震惊世界"的效果，很多研究者甚至认为他是继张大千之后四川画坛第一人。

其实，这些惊诧大可不必，因为陈子庄出身平民，当过"袍哥"（"哥老会"成员），身上有股放浪不羁的侠气，与师门授受的学院派画家大相径庭。

他是"顿悟"而非"渐修"式的画家，虽从吴昌硕、齐白石和黄宾虹的画里汲取了不少养分，但仍坚持用民间画工的技法对传统文人画进行改造，主张"最好的东西都是平淡天真的"，形成自然鲜活、别具一格的笔墨语言，令评论家倾倒，视为"中国的凡·高"。

更难得的是，陈子庄由"术"及"道"，以他在野的立场对整个中国画的传统加以批判，清理出一条与"台阁体"大异其趣的"江湖体"，捍卫了民间艺术。

但话说回来，反对的前提是了解，孤傲的资本是自信。

正因陈子庄曾奉王缵绪之命为齐白石磨墨理纸,亲历了大师作画的全过程,故其晚年能笃定地指出:

> 齐白石画虾的目的是什么?为什么不去画蚂蚁?齐白石自己好笑,说:"买我虾的人特别多,他看得懂?"他把虾的两个大钳画得比真的还大几倍,实际上他的寓意是说这个世界是个鱼虾世界。他画的螃蟹懂得人多些,因为他曾题有"看你横行到几时",反正结果是油炸下酒,不然就画个笆篓,爬出去也跑不远的。王朝闻说他的虾画出了半透明体,此真外行之谈,那是技巧,齐白石的画最可贵的是思想性,那是学不到的。

009

夹江纸

张大千造纸
郑伯英助力

2004年,齐白石的小女儿齐良芷也到了父亲当年入川时的年纪。在女儿齐媛媛的陪伴下,她故地重游,一下飞机就迫不及待地造访诗婢家。

六十多年前,齐白石就是在这里作画会友的。虽店址已迁,但气息不变。

感慨万千的齐良芷与"三峡画派"创始人岑学恭现场合作,绘写留念。

← 齐白石女儿齐良芷
重访诗婢家时
与岑学恭合作之画

再续前缘的还有于 2016 年重访诗婢家的张心瑞。

张心瑞乃张大千与第二任夫人黄凝素所生,抗战时随父母入蜀,借住在贲园。贲园是四川历史上最大的私家藏书楼,有"蜀中天一阁"之称,藏书三十万卷,乃 1949 年后四川省图书馆馆藏的主要来源。贲园的主人叫严谷声,几年前他赴北平搜集古书时,在藏书界大咖傅增湘的介绍下与张大千结交。

傅增湘同张大千是四川老乡,收藏的古籍善本冠绝天下,包括宋版的《资治通鉴》。同时,他还当过北洋政府的教育总长,是张大千之兄张善子的老师。

话说张大千入住贲园后不久便上了青城山,下山后第一个念头就是找纸。

画家对纸张的需求本来就大,而张大千精力旺盛,笔耕不辍,在山上的近三年里耗纸量更是惊人。可惜,别说安徽沦陷,宣纸欠奉,就连印报纸杂志的普通纸都严重短缺,不得不以发黄的草纸代替。缺纸,已成为令书画家头疼不已的桎梏,张大千决定采取行动。

造纸是一门学问,纸张的成色取决于水源、纸浆和加工工艺。南唐后主李煜曾开设纸坊,挑选高手,重金砸出令欧阳修激赏（君从何处得此纸，纯坚莹腻卷百枚）和让梅尧臣稀罕（滑如春冰蜜如茧，把玩惊喜心徘徊）的"澄心堂纸"。

但张大千不能这么搞，他要造的纸必须在宜书适画的同时还能控制成本。郑伯英闻讯，派人送来夹江纸。

夹江县今属乐山市，气候温润，雨量充沛，适合竹木生长，是著名的"蜀纸之乡"，有尊奉"纸圣"蔡伦的传统。夹江的手工造纸早在元代就有史料记载，清朝康熙年间（1662—1722）被钦定为贡纸，乾隆（1736—1795）时更成为"文闱卷纸"的产地，专供科举考试之用。从选料到捞纸，夹江纸共有72道工序，与《天工开物》的相关记载完全吻合。跟安徽宣纸相比，夹江纸除生产工艺不同外，最根本的区别在于原材料。宣纸以树皮为原料，又称

← 一九四三年，郑伯英将新制的夹江纸交予张大千试笔所画

"皮纸";夹江纸以嫩竹为原料,又称"竹纸"。相较于皮纸,竹纸的绵韧性差,抗拉力弱,但在浸润保墨方面表现亮眼。张大千发现这一问题后,决定亲赴夹江,改进其纸。在郑伯英的牵线下,他来到马村乡的石国良家。石国良的父亲石子清是当地的槽户带头人,其纸坊在夹江首屈一指。

在掌握了纸张制造的全部流程后,张大千主动出资,添置设备,着手改造夹江纸。他加入棉麻,以增强拉力;加入松香,以增强抗水性;加入白矾,以增强洁白度。

经反复论证与实验,一种色白、劲韧、细腻的新型书画纸问世。大为满意的张大千设计了纸型、纸帘和纸样,以及透光即显的防伪暗印"蜀笺"与"大风堂监制",并确定了两种尺寸。

张大千以普通纸六倍的价格购买了两万张这种新纸,"大千书画纸"(1983年官方定名,2006年入选首批国家级非物质文化遗产)立时传播开来,不仅纾解了书画家的燃眉之急,更令他们如虎添翼,视若拱璧。

张大千的成功启发了郑伯英,他想起父亲以前收藏的那些古代诗笺,以及后来令他大开眼界的《十竹斋笺谱》。

诗笺者,文人写信和题诗的笺纸也,类似高雅的明信片,设计者和使用者往往是同一个人。

这些人的名字很多都如雷贯耳,比如唐代蜀中才女薛涛曾将花瓣捣碎成浆,辅以浣花溪水,制成芳名远扬的"薛涛笺";比如清末贵族溥心畬(恭亲王奕䜣之孙)曾自制色彩丰富的"落霞笺",每张都不一样,全依制者心境而成,流光飞舞。

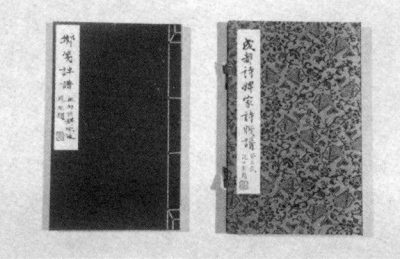
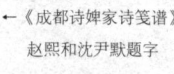
←《成都诗婢家诗笺谱》
赵熙和沈尹默题字

从构思纹样和图案开始，制笺的每个环节都要投入大量心血，故诗笺也逐渐从文人书斋的日常消耗品发展成一门独立的艺术，并在明末出现了双峰并峙的《萝轩变古笺谱》和《十竹斋笺谱》。

所谓笺谱，即挑选精美的诗笺汇编成册。民国时最有名的笺谱为1933年荣宝斋出版的《北平笺谱》，由鲁迅和郑振铎四处访求、优中选优编撰而成，录有陈师曾（陈寅恪之兄）的花果笺、林琴南（翻译家林纾）的山水笺、齐白石的人物笺、姚茫父（刻铜大家）的古佛笺，以及陈半丁（吴昌硕的弟子、陆小曼的老师）的花卉笺等三百余种。

1934年，买到这套木刻水印笺谱的罗文谟爱不释手。

木刻水印是中国独有的传统工艺，被称作"再创造的艺术"，因为它能在复制真迹的同时最大限度地保持原作风格，甚至以假乱真。

入川后，罗文谟请张大千画了幅山茶小品，作为印制"双清馆笺"的图稿。随后，郑伯英亲自设计，从描图到装版再到套印，层层把关，一举试印成功。

《诗婢家诗笺谱》的出炉只欠东风。

010

蜀风流香

从正兴园到春和园
从聚丰园到荣乐园

说到川菜,第一个绕不过去的便是开设于1861年的"正兴园"。

正兴园的主厨和创始人叫关正兴,拿手菜无非通行的"九大碗"与"参肚席",无甚过人之处。

真正让酒楼脱颖而出的是关正兴的经营思路。

他刻意发掘外地来川的美食家和外籍官员所带家厨的技艺,比如以警察总局总办(省公安厅厅长)贺伦夔为代表的"贺派"京菜,以劝业道(省商务厅厅长)周善培(1875—1958)为代表的"周派"苏菜。

正兴园走的是高大上路线,菜精器美,包揽了大部分政府接待,承办过三次满汉全席。

路径依赖之,随着清朝的崩溃而陨落。

1910年,关正兴病逝。次年,正兴园遭遇火灾,一个多月后又在"成都兵变"中被洗劫,旋即歇业。

接棒的后浪叫李春廷,早年是正兴园的学徒,颜值在线,聪慧机敏,被关正兴收为关门弟子。

正兴园倒闭后,李春廷在华兴街创办了"春和园"。

华兴街上有闻名遐迩的"华兴煎蛋面"和以卤制品以及卤肉锅盔知名(号称"成都三明治")的"盘飧市",还是作家李劼人的出生地,热火朝天、不眠不休的悦来茶园也在这条街上。

抗战打响后,菜品千篇一律的春和园开始走下坡路。彼时李春廷已经去世,两个儿子对餐饮不感兴趣,当起了甩手掌柜,馆子交账房先生全权负责并迁到了暑袜街,占地仍有一千多平方米。

1942年,一群税务人员到春和园吃了两席,觉得味道平平价格还贵,结账时便有意刁难收银员。

双方发生争执,越吵越凶,几个警卫闻风而至。

原来,春和园隔壁是川军军长刘元瑭的公馆,此人乃西康省(辖今四川省境内的甘孜州、凉山州及西藏自治区东部的昌都市、林芝市等地)主席刘文辉之侄,其警卫素来霸道,见邻居受辱,纷纷朝天放枪,以壮声势,结果惊动了成都警备司令部。

税务员被抓,春和园貌似占了上风,可生意一落千丈,没过多久便因账房先生卷款潜逃而告破产。

春和园当年的启动资金来自一个心仪李春廷的官宦之女,而今又因权力干涉走向灭亡,可谓"君以此始,必以此终"。

与春和园差不多同时关门的还有聚丰园。

聚丰园也在华兴街,创始人李九如的父母在合江县(今属泸州市)经营一家小餐厅。

1915年,聚丰园已在业内举足轻重,李九如召集玉珍园、颐之时和荣乐园等100多家餐厅发起成立"筵蒸帮"(四川烹饪协会),每月聚会一次,由各成员单位轮流做东,宴请同行,献技交流。

资深媒体人兼"好吃嘴"车辐(晚年著有《川菜杂谈》)有幸一饱口福,晚年回忆起静宁的填鸭、荣乐园的汤、枕江楼的脆皮鱼、哥哥传的坛子肉、竟成园的芙蓉鸡片,以及颐之时的白汁鱼唇来,仍旧垂涎欲滴。

聚丰园的特点是洋气,率先在成都供应西餐、红酒和冰淇淋,还卖北京烤鸭,并且首创引来无数效仿的"锡套子"。

所谓锡套子,即在锡盘上放菜,盘子底下有可以保持菜温的热水。

抗战前,聚丰园的收入和规模达到顶峰。不久,李九如在经历了老年丧长子和次子遭绑架等打击后一蹶不振,营业40年的聚丰园轰然倒塌。

1946年,85岁的李九如撒手人寰,幼子多方筹钱才得以将其下葬。

江山代有人才出，真正让川菜登上世界舞台的食神，名字藏在周善培的诗里：

治庖何止千万人，川味当推蓝光鉴。

1897年，荣乐园的创始人蓝光鉴（1884—1962）到正兴园当学徒。

当时，成都人宴客并不习惯下馆子，而是将餐馆厨师请到家里做"包席"。一直到20世纪20年代，才形成到餐厅设宴的风气，俗称"座场"。

包席馆子的特点是头天晚上必须把次日办席所需的食材加工成半成品，如发海参、鱼翅和玉兰片，而这些都是蓝光鉴要干的活。

他不辞辛苦，敏而好学，还未出师便可独当一面，与随后加入的二弟蓝光荣一道，成为正兴园的骨干。

1912年，正兴园散伙，李春廷想拉蓝光鉴跟他一起去办春和园，遭到拒绝。论辈分，李春廷是他师叔，可蓝光鉴并不买账，因为他觉得正兴园刚垮自己就另起炉灶，未免不近人情。

待协助师父（关正兴之子）处理完善后问题，蓝光鉴才开始考虑个人出路。这时，另一个叫戚乐斋的师叔想开包席馆子，找到蓝光鉴的母亲。

戚乐斋拿出300银圆做本钱，邀蓝家三兄弟（蓝光鉴、蓝光荣、蓝光璧）技术入股，出力即可。

反复游说下，蓝母同意了，说服三兄弟出山。

荣乐园正式开张，蓝光鉴负责交际，联系业务；戚乐斋年高德劭，主抓人事；蓝光荣带着几个师弟在后厨奋战；蓝光璧能写会算，管账是把好手。

站稳脚跟倒也不难，但做大做强则需要契机。

1918年，靖国军（护法战争期间讨伐北洋政府的多省联军，总司令是滇军首领唐继尧）司令熊克武赶跑了军阀刘存厚，尽揽四川军政大权。

熊克武为庆功祝寿，举办盛宴，经人推荐找到荣乐园，定做鱼翅席一百桌。

宴会设在戏园子里，台上唱戏，台下用餐。为避免嘈杂，熊克武命人安排"流水席"，坐满一桌，即开一桌。没开席的安心看戏，开了席的开怀畅饮。

熊克武倒是方便了，却苦了荣乐园。

一百张筵席，一桌桌摆开，临时增加或减少都要来得利落，现场调度的难度堪称噩梦级。

此前一家馆子承办堂会，40桌海参席。上菜时，舀一份便端走一份，掌瓢师傅手上功夫不到家，才舀了32份（即32席）锅里就没海参了。由于前面的均已上席，不可能再匀出来，因此酿成严重的事故。

熊克武的酒宴场面更大，环境复杂，搞砸的概率极高，蓝光鉴不得不亲自出马，担任总调度。

当天，虽意外百出，可蓝光鉴调兵遣将，如臂使指，把现场安排得有条不紊，宾至如归，令熊克武心悦诚服，事后对人道："我指挥一个大部队作战，没有问题，要我指挥这个场面就不行了。真是行行出状元啊!"

自此,熊克武把大小酒席都交给蓝光鉴办,而荣乐园经济周转有困难时,也可在督署借到上不封顶的无息贷款。

有了官方支持,荣乐园搬家扩建,开辟座场,最多能同时接待上百桌客人。

后来,熊克武因反蒋而被软禁虎门,去信给蓝光鉴托他帮忙照管自己唯一的一处住宅。1949年后,返蓉的熊克武还专门请蓝光鉴吃饭,以表感谢。

1980年,停业三十多年的荣乐园在原址上重建。同年,"纽约荣乐园"开业,奠定了川菜标准和宴席格局的荣乐园走出国门,成为名扬天下的"川味正宗"。

而这一切,离不开从正兴园身上继承的广采博收和锐意革新的气魄。

提起川菜,大多数人的第一印象是麻辣,殊不知麻辣最初并非川菜的主要特点。比如荣乐园的"开水白菜""银耳鸽蛋"等汤菜就很有名,却不麻不辣。

蓝光鉴酷爱"魔改",不仅把佛教的罗汉菜和伊斯兰教的炒锅蒸调整之后上桌,还将江浙的醉蟹与虾爆鳝、广东的蝴蝶馄饨与生片鱼锅跟川菜融合,甚至连街头叫卖的蒸蒸糕也不放过,填上馅心后加入菜单。

此外,他还尝试"西菜中吃",把印度的咖喱鸡改为碗装小块,把美国的火鸡改成分三部分上席的"叉烧鸡"。

"魔改"的名声传出去后,各种别家搞不定的疑难食材都会找到荣乐园,刘湘的神棍军师刘从云甚至派人送来过一根大象鼻子,说要招待贵客,而蓝光鉴的师弟周映南居然也能绞尽脑汁地烹出一道佳肴。

久负盛名的荣乐园也吸引了包括法国领事、英国坦克司令、美国飞虎队队长在内的西方人，还在抗战胜利后迎来杜月笙的说客。

杜月笙想把荣乐园开到上海，拿"大世界"的全部空间做营业厅，给出的条件也极为优厚，却被蓝光鉴婉拒。

彼时戚乐斋早已退休，坐享分红，荣乐园的大事小情全由蓝光鉴定夺。他之所以回绝杜月笙的美意，在于清楚地看到资本家不死不休的增值冲动与他经营荣乐园的目的并不一致。

开张做买卖，当然要赚钱，可如果只有这一套逻辑，未免太过无趣。

蓝光鉴在同行眼中属于标准的离经叛道，他的很多举措连戚乐斋也不以为然，比如砍掉上菜流程里烦冗而廉价的"前菜"，宁可不挣这部分钱，也要把精力和成本都投入到正菜上，提升用户体验。

同时，为打造完美的用餐环境，荣乐园的汤匙盘碗一律到九江烧制，印花台布、玻璃桌面和高级皮沙发也悉数派人至上海定做。

如果只到这一步，那无非是在技术层面把餐饮做到了极致。

蓝氏兄弟迷恋艺术，收藏颇丰，蓝光璧经常自豪地说："我把清代所有状元公的书法已收得差不多了。"因此，为给食客添助雅兴，荣乐园的墙上挂满了名家真迹，且逐月更换，从未重复。

同时，蓝光鉴与罗文谟交好，荣乐园基本上属于蜀艺社的免费食堂。每回社员聚餐，蓝光鉴总是备好笔墨纸砚，呈上珍馐美馔，而酒酣耳热的书画家们往往也不吝于留下墨宝。

于是，从向楚到冯灌父再到黄君璧，荣乐园成了"今日美术馆"，蓝光鉴还不厌其烦道："现在就是小名家的字画，也要征求，不能放过，因为他们将来就是大名家。"

郑伯英见状，也常往荣乐园跑，和罗文谟一起向书画家介绍他的诗笺项目。

有精美绝伦的"双清馆笺"成功在前，众人无不跃跃欲试，郑伯英很快便征集到时贤书画上百幅，包含张大千、徐悲鸿、张采芹、黄君璧、董寿平、关山月、丰子恺、马万里、郑曼陀、张聿光和赵完璧等大师作品的《诗婢家诗

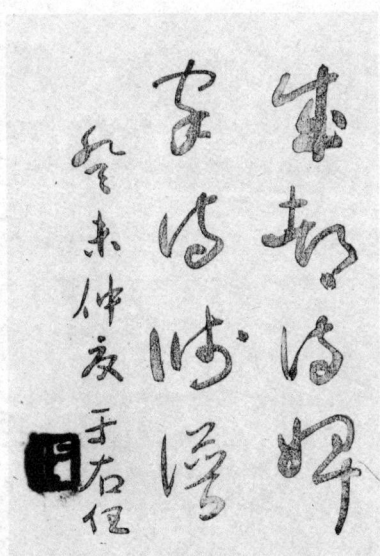

← 于右任书法
　成都诗婢家诗笺谱

笺谱》在南北两京已沦陷、木刻水印成绝响的艰难时期横空出世，一枝独秀，不仅给文艺界带来久违的惊喜，还在精神上极大地鼓舞了抗日军民，让他们知道这是一场文明对野蛮、君子对小人的正义之战。

因此，于右任挥笔题写"成都诗婢家诗笺谱"，谢无量称赞它"深得古意，大雅君子当有取焉"；红学家邓云乡直言"成都最出名的是诗婢家的水印诗笺"，沈尹默在蜀期间的词稿也都以它为用纸。

011
~~~~

逝者如斯

*

一切有为法,如梦幻泡影
如露亦如电,当作如是观

　　时光的发酵下,人间多少事都化作一坛坛老酒,愈久弥香。

　　小时候看"古李版"的《神雕侠侣》,全程雨骤风急,为主人公的爱情和命运牵肠挂肚,一直到小龙女跳崖戛然而止。

　　十六年后,风陵渡口,初出茅庐的郭襄听客栈里的江湖人士风雪夜话"神雕大侠"。配乐《妙音鸟》响起,加上其后的《故乡的原风景》,恍如隔世之感油然而生。

时间冲散了多少恩怨情仇,让人蓦然回首时只留下似有若无的轻叹。

很多人喜欢《白马啸西风》的结尾:

> 白马带着她(李文秀)一步步地回到中原。白马已经老了,只能慢慢地走,但终是能回到中原的。江南有杨柳、桃花,有燕子、金鱼……汉人中有的是英俊勇武的少年,倜傥潇洒的少年……但这个美丽的姑娘就像古高昌人那样固执:"那都是很好很好的,可是我偏不喜欢。"

殊不知初版《倚天屠龙记》的更妙:

> 张三丰瞧着郭襄的遗书,眼前似乎又看到了那个明慧潇洒的少女,可是,那是一百年前的事了。

修订版删了这段话,瞬间失去不少味道,因为《倚天屠龙记》其实有个隐秘的主题。

电影《惊魂记》的结构一反常态,在影片进行到一半时主角居然死了,后半部分讲起了凶手应对警察的故事。

以希区柯克的导演功力,这么搞也很冒险,因为观众好不容易跟主人公建立起共情你就把他拍死了,不仅打断情绪,后面再想移情难度也很大。

金庸当过编剧，叙事能力有目共睹，因此常搞"影壁"式的障眼法，让主人公的出场姗姗来迟。

即便如此，《倚天屠龙记》的情况也极为罕见——你以为主角是郭襄和张三丰，结果视角跳到俞岱岩身上；你以为俞岱岩是男一，谁知张翠山与殷素素的故事徐徐展开。然后两人在第十回双双自尽，这才轮到张无忌独挑大梁。

女一也一样，周芷若不是，杨不悔不是，殷离不是，小昭也不是。等全书过半时赵敏才从天而降，像极了捉摸不透的人生和意味深长的《巴里·林登》。

这导致《倚天屠龙记》读来不如《神雕侠侣》和《射雕英雄传》酣畅，更少了《连城诀》的一气呵成与扣人心弦。但却多了几分浮生若梦的苍茫。

正如第三回起笔便是："花开花落，花落花开。少年子弟江湖老，红颜少女的鬓边终于也见到了白发。这一年是元顺帝至元二年，宋朝之亡至此已五十余年。"

倘与张三丰阅览郭襄遗书的尾声参看，不难发现一切始自郭、张，终于张、郭，循环往复，物是人非，怅惘沧桑的气息顿时扑面而来。

尘事如潮人如水，《倚天屠龙记》的主题其实是荏苒的时光和叵测的命运。

冰火岛上，谢逊呵佛骂祖，痛恨造化弄人；蝴蝶谷中，胡青牛亦正亦邪，机关算尽，却难逃仇家毒手。

你看那张翠山与殷素素，"穷发十载泛归航"，谁承想一朝命散；又看那张无忌身中寒毒，五六年间忧虑生死，却因奸人算计意外练成神功；再看那光明顶上，密道之中，

小昭见到阳顶天夫妇的骸骨,给张无忌唱了段关汉卿的曲子,后来被改编为辛晓琪演唱的《俩俩相忘》:

> 拈朵微笑的花,想一番人世变换,到头来输赢又何妨?
>
> 日与月互消长,富与贵难久长,今早的容颜老于昨晚。
>
> 眉间放一字宽,看一段人世风光,谁不是把悲喜在尝?
>
> 海连天走不完,恩怨难计算,昨日非今日该忘。
>
> 浪滔滔人渺渺,青春鸟飞去了,纵然是千古风流浪里摇。
>
> 风萧萧人渺渺,快意刀山中草,爱恨的百般滋味随风飘。

待到第二十九回《四女同舟何所望》,茫茫大海上,殷离再次点题:

> 五人相对不语,各自想着各人的心事,波涛轻轻打着小舟,只觉清风明月,万古常存,人生忧患,亦复如是,永无断绝。忽然之间,一声声极轻柔、极缥缈的歌声散在海上:"到头这一身,难逃那一日。百岁光阴,七十者稀。急急流年,滔滔逝水。"却是殷离在睡梦中低

声唱着小曲。

至第三十回起首,金庸甚至直接挑明:

> 各人想到生死无常,一人飘飘入世,实如江河流水,不知来自何处,不论你如何英雄豪杰,到头来终于不免一死,飘飘出世,又如清风之不知吹向何处。

对这种"来如流水兮逝如风,不知何处来兮何所终"的苍凉,元曲四大家之一马致远心有戚戚,所以写下:

> 百岁光阴如梦蝶,重回首往事堪嗟。今日春来,明朝花谢,急罚盏夜阑灯灭[9]。
> 想秦宫汉阙,都做了衰草牛羊野。不恁么渔樵无话说。[10]纵荒坟横断碑,不辨龙蛇[11]。
> 投至狐踪与兔穴[12]多少豪杰。鼎足三分半腰折,魏耶?晋耶?

---

9. 快把罚酒喝完否则夜深火要灭。
10. 不这样渔夫、樵夫都没有扯闲篇的题材。
11. 难辨字迹。
12. "狐踪兔穴"喻指坟墓。

并发出"蚤吟罢一觉才宁贴,鸡鸣时万事无休歇。争名利何年是彻?看密匝匝蚁排兵,乱纷纷蜂酿蜜,闹攘攘蝇争血"之叹。

马致远是北京人,北京本属汉地,却在宋元之际几度易手,由辽至金,再到蒙古,可谓乱哄哄你方唱罢我登场。看透了的马致远中年后游戏人生,用写出过"夕阳西下,断肠人在天涯"的笔滔滔不绝地颂圣,比如"至治华夷,正堂堂大元朝世",比如"圣明皇帝,大元洪福与天齐"。

既然历史不过是一场赢家通吃的权力游戏,生死疲劳的虚空大梦,那当个嘲风弄月,流连光景的"犬儒"又何妨?既然所有人都跳不出这该死的轮回,打不破"兴勃亡忽"的周期律,那往死里拍皇帝马屁又何妨?

马致远是金人,降了元朝。四百年后,后金建立了清朝,享国未逾三个世纪便再次覆灭。

这一回,清末的"铁面御史"赵熙(1867—1948)又会做何选择?

012

弘文究理，茹古涵今

诗婢家要人之赵熙

一个被写诗和书法

耽误的剧作家

赵熙的头衔很多，比如"士林之鹤""晚清第一词人""五老七贤之首"。

时人对他好评如潮，马一浮说"论诗已入如来地"[13]，钱基博说"学术文章，超越时流"，胡先骕说"吾国不朽

---

13. 菩萨修炼的最高境地。

词中人,又新添一座矣",梁启超说"诗撼少陵律,笔摩昌黎垒""谏草留御床,直声在天地"。

平心而论,"望重三绝"的香宋(赵熙之号)诗第一,书第二,词只能排第三。

论诗,赵熙被陈衍誉为"当世岑参",流亡海外的梁启超也通过周善培(赵熙学生)的牵线搭桥与他书讯往复,虚心学诗。

在一封给赵熙的信中,梁启超写道:

> 仆为文浅薄庞杂,吾师得毋呵其为野狐禅[14]。
> 小女聪慧能文,不愿其继承家学,愿太老师教之,俾底于成[15]。

后来,梁启超的友人见他的七言律诗进步神速,惊讶不已。及睹原稿,方知经赵熙润改者过半。

赵熙一生作诗数千首,但不甚爱惜,导致许多作品都随风而逝。1936年,商务印书馆董事长张元济入蜀,劝赵熙自选诗集,由他负责出版。

赵熙口头应允,却终未成书。

写诗对赵熙而言并非文学创作,而是对生活的记录和对现实的批判,比如"兵后荒年自古愁,我行艽野更悲秋""吏治不堪豺虎乱,方知万事苦农家"。

钱基博在《现代中国文学史》中认为赵熙诗功甚深,以至于"见者莫不认为苦吟而成,其实皆脱口而出,不加锤炼者也"。

然而，无意于佳，反倒上佳。厚积薄发的赵熙即兴咏叹，真情流露，给那个波谲云诡的时代留下了一部"诗史"。

写诗之余，赵熙也是画家和戏剧家，画苑弟子有后来蜚声国际的常玉。

在张大千看来，赵熙"初入京师，诗文书法即名动朝野，得者宝之，有如球琳[16]。晚乃作画，高妙又胜于书矣。然不肯轻应人求，传世者少"。

"高妙又胜于书"有点过奖，但由于赵熙作画纯因文人雅趣，聊以自娱，故画无润笔，只赠亲友，流传的确不广。

张大千对赵熙敬重有加，不仅留下一幅有十几个名人（叶恭绰、于右任、沈尹默和谢无量等）题跋的《赵熙、张大千书画合璧》，还破例走笔，为赵熙画像。

历来名家多不屑人像，认为那是画匠的工作，张大千也不例外。

即便熟人强求，他也惜墨如金，甚至索取巨额润例，使其知难而退。

因此，据张大千自言，生平为人写照，先后不出十幅，算下来无非赵熙、傅增湘和影星林黛等区区数人。

除了画画消遣，赵熙还曾跨界试写剧本，没想到出道即巅峰，搞出一部荡气回肠的《情探》（改编版《焚香记》

---

14. 歪门邪道。
15. 使其能有所成。
16. 美玉。

中的一折），是川剧复排翻演最多的折子戏之一。

1907年，赵熙在姻亲家观看了木偶戏《活捉王魁》后，认为故事引人入胜，而王魁这种见利忘义的"渣男"在官场上并不少见，揭露得好。

但同时他又觉得一些细节欠妥，比如女主角焦桂英披头散发，带着纸钱，扮相异常凶悍，一见王魁就逮，王魁则如小丑般匍匐乞怜。这种漫画式的处理既不能表现焦桂英的温柔善良，也无法刻画王魁的忘恩负义。

赵熙一时技痒，根据明传奇《焚香记》（王魁与焦桂英的故事原型）改良《活捉王魁》，遂有深婉动人、代代相传的蜀戏经典《情探》。

赵熙深知，越写焦桂英的多情，越能反衬王魁的无情，于是便有了一段巧妙的独白：

> 更阑静，夜色衰，月明如水浸楼台，透出了凄风一派。梨花落，杏花开，梦绕长安十二街。
> 夜间和露立窗台，到晓来辗转书斋外。纸儿、笔儿、墨儿、砚儿，件件般般都似郎君在，泪洒空斋，只落得望穿秋水不见一书来。

焦桂英的不眠之夜，赵熙偏不写空闺虚幔，也不作惊人之语，而是把镜头对准王魁攻读之处和日常使用的文房四宝。

由于焦桂英一心都在王魁身上，因人及物，如数家珍，故平平无奇的讲述反倒体现了她用情之深、思君之切与失望之苦。

其中,"梨花落,杏花开"的"杏"字川音念作"恨",因此这六字看似在说春去秋来,实则谐音"离"与"恨"。

当然,别说戏曲,立志"为学当为上下古今之学,不为尺寸耳目之学"的赵熙有时连诗词都不怎么看重,自谓"我是学者,非辞章家",因此,主旨进步的《情探》虽给川剧留下了华丽的一笔,但赵熙只把它当作兴之所至的妙手偶成,在此"末技"上所下的功夫远不如书法。

赵熙的字被称作"荣县赵字",曾在蜀中掀起"家有赵翁书,斯人才不俗"的潮流,人民公园"辛亥秋保路死事纪念碑"北面的十个大字即出自其手。

赵熙遗墨不少,青城山、望江楼与杜甫草堂皆可一睹真迹,峨眉山上的赵字更是俯拾即是。其中,金顶联语气势磅礴,与李白的《峨眉山月歌》千年呼应:

  有天地便有此山,当白雪团空,谁将这万丈毫光荡成大瀚?

  问菩萨并问诸佛,自青莲归寂,可许那千年秋月提上西皇?

上联把万丈光芒比作大海固属奇特,下联的调侃则更显趣味:"请问李白死后,你们还让不让秋月挂在峨眉山上空?"

然而,赵熙晚年大成后的代表作还是乐山乌尤寺内的《心经》,人称"民国兰亭"。

郭沫若为学赵书,曾在乌尤寺一住数月。

除了以赵熙关门弟子自居的郭沫若,赵熙的书法门人还有担任过成都市市长的余中英。

余中英原为军阀刘文辉手下的旅长,1932年,刘文辉与侄子刘湘为争四川王大打出手,史称"二刘之战"。

据赵熙记载:

> 敝县山区,此次两军将近三十万人,即食粟亦愁竭泽,而空中飞机翔舞,地上火器之利,一钟辄死七八百人,以蜀史论,诚空前大劫也。

赵熙为保荣县,多次出面调停,怒不可遏时曾"以掌抚桌",痛骂刘湘。

幸好交战双方都欲沽"敬贤"之名,不敢惊扰赵家门庭,故赵熙常把百姓请进家门,躲避流弹。久而久之,赵宅及其周边成了避难之所,远近誉为"郑公乡"(东汉末年,孔融敬重郑玄的道德文章,将其桑梓命名为"郑公乡"),康有为闻之,寄诗赞道:

> 每忆三巴久烽火,喜闻群盗重名贤。

彼时四川最重名贤的当属余中英。

他驻军荣县时被赵熙施以德教,"路转粉",每逢"香宋公开课"都搬个板凳仔细聆听。

在余中英的保驾护航下,荣县全境安宁。而在赵熙的春风化雨下，余中英也开始在书坛崭露头角，还曾辞去军职赴京向齐白石求教。

抗战期间，余中英主政成都，建树颇多，开办公办中学与公立医院，还请刘开渠重铸了春熙路上的孙中山铜像。该铜像被成都人唤作"真同志"，谐音"真铜制"。

新中国成立后，余中英当上四川书法家协会副主席，成都的街头巷尾有许多落款"兴公"的题字，皆出自其手，其中就包括名肴"陈麻婆豆腐"。

晚年，余中英抱病给四川美术出版社的《赵熙书法》一书写序，用"秀逸朴厚"和"自成一家"总结老师的书法，堪称公论。

赵熙早年练字，广收并蓄，博采欧（阳询）、褚（遂良）、颜（真卿）、柳（公权）、苏（轼）、米（芾）、赵（孟頫）众家之长，待入仕后帖学（笔写出来的字）已精，乃转向碑学（刀刻出来的字）。

南帖秀丽，北碑雄强，赵熙由帖入碑不仅有自蜀至京的地理原因，也是时代使然。

由于清代大兴文字狱，噤若寒蝉的知识分子被迫远离现实，埋首考据，把目光投向金石、碑版的研究。

学风的转变势必浸润书风，咸、同之际（1851—1874），碑体书法开始萌芽，至光绪年间（1875—1908）蔚然成风。清末书家，莫不受此影响，极端者甚至褒碑贬帖，尊魏抑唐，比如认为"世变既成，人心趋变"的康有为。

康有为肯定魏碑，认为其"无有不佳者"；否定唐楷，说"若从唐人入手，则终身浅薄，无复有窥见古人之日"。

之所以如此偏激，与他"六经注我"的经学理论一脉相承，就是要把鲜明的政治色彩贯注到书法这一"小道"中去，以小喻大，使之"著圣道，发王制，洞人理，穷物变"，体现自己"托古改制"的思想主张。

在他的影响下，郑孝胥、于右任等一批践行者在传统帖学之外另辟新径，各领风骚。

面对碑学如日中天的局面和康有为"人未有不为风气所限者"的论断，赵熙提出：

> 诗文与书，一代各有风气，惟豪杰乃能挺然风气之外。后人学古，则又当通知古今风气之判，以自定其是非。

正因不随流俗，不拘一格，赵熙中年后乃能贯通魏唐，把碑的刚健与帖的优美结合起来，独步墨林。

用他自己的话说就是：

> 凡天资颖者喜南书，挟胜气者喜北书。南多工而北多拙，拙近古而工近今。各有长短，相济而不相非，斯杰士也。

开放的态度使赵字碑味很浓而难觅碑体字形，笔势强悍，整体观感却又文静秀丽，个中典范便是"诗婢家"的店招。

除了碑帖融合的新意,赵熙书法还有一大特点,即追求雅韵。在他看来,"凡诗文书画,虽聪颖而未成者,盖此事非读书不能脱俗入雅,所谓根柢也"。

换言之,格局不大或格调不高者,写不出好字。

艺术上的"求雅"源于"重建文明"的愿景和"反对野蛮"的价值观——明白了这一点才能理解赵熙为何破例应求,给新兴的诗婢家题写店名。

013

大轰炸

诗婢家浴火重生
赵香宋再写店招

晚年的赵熙海内驰名，千金难买一字。

倒非故意托大，而是一只眼睛失明，视力衰退，不得不护惜目力。

因此，别说商家，便是川省主席刘湘的面子，赵熙也是不大给的。

当然你会说，赵熙素来厌恶军阀，不买刘湘的账有什么奇怪？

搁以前是不怪，但"七七事变"后刘湘公开表态，主张全国上下与日军决一死战，还通过设在上海租界的机构捐给中共地下组织六万银圆。

他以身作则，不顾众人劝说抱病领军，出川抗日，最后病殁于汉口，被国民政府追赠为一级上将并予国葬，可谓大节无亏。

然而饶是如此，当刘湘的部属想替他求一篇墓志铭时，赵熙初不欲作，直到故人（"戊戌六君子"里的刘光第）之子受托登门，才勉强为之。

结果还不如不写，因为赵熙秉笔直书，大谈刘湘生前的耻辱"邛崃之战"，讽刺他"争位四川，进剿红军"⋯⋯

惨遭戏弄的还有刘湘的堂弟刘元琮，此公的宅第门口挂着赵熙手书的匾额"汉道中兴"。表面看仿佛是赞扬刘家"中兴"，实则骂他"土皇帝"。

性情如斯，难怪当年诗婢家把招牌挂出来后，路人大多不信这是赵熙真迹。

事实上，当郑伯英第一次给赵熙去信时，也只不过抱着"姑试为之"的态度，没想到赵熙不仅为他题了字，还写了两回。

之所以是两回，跟"七二七惨案"有关。

淞沪会战后，国民政府迁都重庆。1938年底，武汉失守，半壁江山沦陷，成都作为大后方的文化、教育和经济中心，从人力、物力与财力上担负起支援前线的重任，也因此成为日寇的重点轰炸目标。

截至1941年7月27日，日军对成都发动18次空袭，造成市民伤亡3000多人，房屋焚毁近万间。

当然，中国军队的驱逐机和高射炮也不是吃素的，在1939年底的一场空战中击落日机两架，击毙"轰炸之王"奥田喜久司大佐。

搜查发现，奥田的尸体上有张成都地图，详细标注了各重要机关的位置。

奥田之死激怒了日军，1941年的轰炸更加频繁，7月27日更是出动飞机108架，投弹300余枚，炸死市民近600人。

此前，由于市民日日夜夜"跑警报"，业已筋疲力尽，而敌机实际上连续一个多月并未造访成都，假警报却响了好多次。考虑到成都人民"余震之中搓麻将，洪水来了斗地主"的乐观主义精神，思想逐渐麻痹也是意料中事。

因此，"七·二七"当天，很多人在听到三响（一响为预备警报、两响为空袭警报、三响为紧急警报）后才意识到狼真的来了，扶老携幼地逃命，结果堵在出城要道上。

此时日机已然飞临，来不及疏散的市民索性一头钻进少城公园，藏在树荫下，熟料酿成惨剧。

当日晴空万里，靠保路运动纪念碑确定方位的日本飞行员清楚地看到人民公园人头攒动……

事后，据目击者描述：

> 入少城公园门口，见一妇女袒胸露乳怀抱婴儿，母子皆死。到图书馆见其砖瓦房被炸破的钢筋悬吊空际，楼房倾塌。折向荷花池，见

池旁的古树枝被截断,树桩旁依坐一位穿麻色制服的高中生,头部被截走,不知所向,颈部鲜血淋漓。又见荷花池内有炸弹未爆,旁插"此处危险"的警告牌。

另有亲历者回忆:

走进少城公园,见成荫的绿树几乎全被摧折。弹坑遍地,血肉狼藉。保路死事纪念碑被炸去一角,碑身弹痕累累。敌机在此狂轰滥炸,俯冲扫射,树下尸体成堆,有的脑浆肠流,有的肢断躯裂。炸断的树枝,就压在尸体堆上,枝丫上到处挂着碎肉碎布,叫人毛骨悚然。通向小南街后门的三合土路面上,布片肉屑少说也铺了寸把厚。

流沙河的族兄余光午当时也在成都,于新南门外喝茶:

预行警报后,茶馆仍热闹。算命的张铁嘴进茶馆来,故作神秘说"今天有些人,嘿嘿,躲不脱呀",意在揽顾客。光午兄同友人喝了茶,空袭警报响了。都是青年人,意气豪,绷胆大,同到竟成园雅间打麻将。才打半圈,紧急警报响了。停牌静坐,倾听敌机。直到听到远方有爆炸声传来了,才赶快向外跑。光午兄

← 流沙河为诗婢家撰写的对联

兩婢諧讔詩漢代文章雄百代

五經謹訓註鄭家燭火亮千家

零二年六月

流沙河撰書

跑出竟成园,听见爆炸声逼近了,就在老南门那边。他便反方向跑,跑上新南门旧桥。爆炸声就像在背后追,急匍匐桥中间。待解除警报后,返回竟成园取雅间的衣物,方知雅间中弹,已被摧毁,麻将牌四处飞。又知张铁嘴也被炸死了。

昨夜繁华地,今日瓦砾场。抬望眼,到处是焦土烬柱,断垣残梁。

皇城。

昔日的蜀王府已被张献忠彻底摧毁,遗址上建起来的清朝贡院也因军阀混战日渐残破,王气散尽,沦为鱼龙混杂的集市,成都人称之为"扯谎坝"。

轰炸中,皇城周边的民房化作齑粉,道旁肢体横陈,肠肚脑浆满地。受伤者倒卧血泊,啼哭呼号。

祠堂街的建筑所剩无几,重庆银行的洋房孤零零立在断壁残垣中,已是摇摇欲坠。顶楼弯出一根旗杆,上面赫然挂着条血淋淋的大腿,还穿着高跟鞋。

路边的弹坑里躺着个血肉模糊的孕妇,胎儿从她爆破的肚子里流将出来,手脚同泥浆混合成黑乎乎一团。

一座炸塌围墙的花园里有栋小巧的楼房,其屋脊被炸弹揭翻,呈现出一幕诡异的景象:客厅中央是一张四方牌桌,三个男人伏于桌上,另一男子倒在桌边的楼板上,身畔全是麻将牌。四人均已死去,却未见出血,应该是被空爆弹(落地前起爆)的冲击波震裂了脑神经。

诗婢家也毁于一旦，但很快便在废墟之上重建。赵熙听说后特意替郑伯英重写了招牌，还去信勖勉，说："古人云，火灾之后，乃是吉徵。"

信中附画一幅，并题有说明"诗婢家"创作经过的《浣溪沙》一首。

从此，郑伯英与赵熙书信往还，直至赵熙逝世。

1949年后，郑伯英因工作调动结束了诗婢家的业务。去往云南前，他把十六张赵熙的亲笔信交予川大教授周菊吾代为保存。

篆刻家周菊吾是叶伯和的挚友，给李劼人刻过印，其刀工被方介堪赞为"精妙绝伦"。

见郑伯英竟有如此之多的赵熙手迹，周菊吾羡慕不已，打趣道："你认不到几个大字，公然与赵先生书信往返，没想到收到他这么多亲笔回信。"

可惜，"文革"中周菊吾死于非命，赵熙的这些墨宝自此下落不明。

014

民为邦本

不分左右
但论真伪

悠悠斯世,人情浇薄,晚年的赵熙对诗婢家情有独钟虽说与他毕生崇拜郑玄有关,但更深的原因却鲜为人知。

1938年,解甲归田的萨镇冰到访荣县。

萨镇冰乃黎元洪在水师学堂时的老师,资历极老,甲午战争前便历任"威远"舰和"康济"舰的管带(舰长),清末民初更是长期担任海军总司令。晚年退居二线,回乡当起了北洋政府的福建省省长。

萨镇冰的莅临，荣县方面高度重视，请赵熙出面作陪。

席间，萨镇冰谈到郑孝胥晚节不保，不仅替溥仪策划复辟，还做了伪满洲国的总理，可谓死有余辜（彼时郑孝胥刚被日本人毒杀）。

赵熙当即搁筷，正色道："孝胥，今之文天祥也，奈何说他晚节不终？"

之所以说郑孝胥是当今的文天祥，在于他作为书法家喜欢写《正气歌》。

后人眼中，郑孝胥是个汉奸，但他没准认为自己比康有为还伟大。毕竟，他以解元（乡试第一）的身份给李鸿章当幕僚时，康有为还是个籍籍无名的穷秀才。

戊戌年间（1898），郑、康二人都是维新派，倡议变法。

康有为后来东奔日本，成了保皇党；郑孝胥继续在国内推动立宪，官至湖南布政使（省长），辛亥革命后隐居十年，再复出时也成了保皇党。

只不过康有为保的是光绪，郑孝胥保的是康德（溥仪在东北沦陷时期的年号）。

当遗老的十年里，郑孝胥始终拒绝承认民国，估计真觉得自己"不食周粟"的"骨气"堪比文天祥。

这种错觉非常搞笑，因为文天祥誓死不降是由于"夷夏之防"，而郑孝胥为清朝招魂则属于"以夷变夏"。

变来变去也是螳臂当车，最后成了"东夷"的带路党。

萨镇冰不想跟赵熙较劲，笑道："先生不改当年御史风度。"

其实，赵熙虽同郑孝胥交谊甚笃，"百日维新"时便是同道，但自从郑孝胥走上卖国的道路，赵熙便断然与之绝交，还力劝共同好友陈衍也与其划清界限。

但郑孝胥的死势必勾起赵熙的回忆。看着故友因活在"复国"的痴梦里不能自拔，一错再错，从一个进步的改良派沦落为遗臭万年的丑类，赵熙每每思之，皆扼腕叹息。

然而，怼萨镇冰并非要给郑孝胥翻案，而是在耳闻目睹过太多撕裂与乱象后，反感无脑站队与简单归因，反对把"爱国"当口号喊，甚至当生意做。

生逢乱世，空气里的政治浓度过高，一语不慎便可能被别有用心之人抓住把柄，身败名裂，但赵熙直言直语惯了，根本不在乎小人的中伤。

终其一生，他都没加入过什么政党或组织，也从不发表什么摄人心魄的宣言，只是一个脚踏实地、表里如一的爱国者。

对投日汉奸，他嗤之以鼻，写诗刺道："生就杨花水性身，不妨啼笑强随人。"

对迁都重庆的蒋介石也毫不客气，讥讽道："樱桃红了芭蕉绿，且认渝州作蒋山。"意即年复一年，苟安西南的国民党怕是快把重庆当作南京（蒋山即南京钟山）了。

赵熙特别喜欢"抗战"一词，认为这个提法"使举世知道不是我们侵犯别人，而是抵抗别人侵略，是义战"。

由于厌兵悯农，反对内战，赵熙一向禁止自家子弟从军。可抗日战争一打响，他立马像变了个人似的，动员家乡子侄上前线。

有一回，下野的冯玉祥到荣县替抗战募捐，年近八十的赵熙踊跃响应，书写屏条多幅，交其义卖。当时，赵熙的眼疾已非常严重，写到后来目力不支，几乎是在盲写，戏称"盲书"。

事后，赵熙对人道："此书用心，不用目矣。"

冯玉祥感动不已，为赵熙题写"立德立言不朽，寿人寿世无疆"的对联，并道："我辈军人，收下这些钱，如不奋勇杀敌，天良何在！"

由此观之，说赵熙不爱国，纯属不值一哂的谣诼。

当然，快人快语的赵熙很容易遇上杠精，杠精一旦开杠，岂有退却之理？汉奸的帽子扣不上去，还有别的标签可贴，比如"遗老"。

遗老之名倒也不冤，毕竟自光绪死后赵熙便随身携带镌有"孤臣"二字的印章，还在给荣县修志时把民国时期称作"国变后"，纪年也故意采用干支而非"民国某年"。

赵熙是光绪十八年（1892）的进士，戊戌变法前属于"帝党"，怀念光绪并不奇怪，可借重修《荣县志》之机明目张胆地抵制民国则似乎有些"猖狂"。

但若据此认为这是"阶级敌人反攻倒算"也不客观，因为赵熙的弟子里出了一堆同盟会会员，比如日后的"延安五老"之一吴玉章，比如协助汪精卫刺杀摄政王载沣的黄复生、但懋辛，再比如把保路运动引向反清革命的辛亥功臣曹笃。

其中，但懋辛参加过广州起义，失败被捕后两广总督张鸣歧对他说："你是荣县人，赵熙的学生。我不杀你，押回荣县看管吧！"

若无这段插曲，黄花岗就不是七十二而是七十三烈士了。

事实上，赵熙长期同情革命志士，曾在唐才常的遗牍上题诗："一纸千年碧血痕，堂堂浩气至今存。"

唐才常与谭嗣同并称"浏阳二杰"，戊戌政变后组建自立军，意图推翻慈禧的统治，因起义失败被捕遇害。

此外，赵熙还无惧川督胡景伊的网罗，为在"二次革命"中殉难的王天杰及其含悲而死的父亲题写牌位。

"二次革命"是孙中山发动的讨袁战争，在四川由当时的省议员杨庶堪和驻扎重庆的师长熊克武响应领导。

杨庶堪是赵熙的学生，光这一条即已够敏感，何况熊克武当时欲向日商购买武器，赵熙还说服友人程德全（时任江苏都督）替他作保。

事败后，胡景伊株治党人甚众，声言"熊、杨之乱，赵为主谋"。彼时袁世凯已有将赵熙缉拿正法之命，幸亏时任司法总长的梁启超劝阻，方才以"天下名士，未易轻杀"的理由赦免。

在此背景下赵熙公然挥毫，毫不避讳地替王天杰正名，风骨可见。

荣县人王天杰因为死得早（1913），历史地位被严重低估。

提起辛亥革命，世人皆知武昌起义，却不知早在湖北新军（清廷采用西式军制、训练和装备打造的"新建陆军"，是清朝最后一支有战斗力的正规军，也是同盟会的重点渗透对象）发难前半个月，荣县已借保路运动之势宣布独立，是最早脱离清廷的地方政府。而主导这一切的，正是王天杰与吴玉章。

可见，赵熙非但不是"反革命"，简直就是革命的播种机。

当然你还可以抬杠，说同盟会搞的是资产阶级革命，不彻底。

那就只好谈谈赵熙跟无产阶级革命家不得不说的二三事了。

首先是执弟子礼的孙炳文，官至国民革命军总政治部秘书长。

孙炳文早在留德期间就加入了共产党，1927年因叛徒告密被捕牺牲。其女孙维世由周恩来收养，后嫁给主演过电影《夜半歌声》、执导过话剧《于无声处》的金山。

其次是护法战争时提兵入蜀的朱德。

朱德先通过孙炳文给赵熙寄去相片，拜见后以师礼尊之，从此写信必称"门生朱德"。

赵熙见这个"护国"（反对袁世凯称帝）又"护法"（反对拒不恢复因"张勋复辟"而废除的国会和临时约法的段祺瑞）的滇军旅长能抚绥士卒，不扰地方，也欣然赠诗曰："只有人心能救世，西南半壁赖扶持。"

1934年，红军在长征途中沿川、滇、黔三省迂回作战，川南各县皆震，以为"匪军"将来扫荡，唯赵熙神态自若，安抚众人道："朱玉阶（朱德）为人，我是知道的，他的军队不会乱来。"

最后，赵熙的粉丝里还有刘伯承，学生中还有阳翰笙。

左翼文人阳翰笙是电影《八百壮士》和《三毛流浪记》

的编剧，后来，当过中国文联的党委书记与全国政协常委。

除了这些大人物，赵熙还曾出面向余中英求情，让他释放因领导农民运动而被捕判死的共产党人程觉远与马介民。

事实上，赵熙曾明白无误地表达过对共产党的看法：

共产者，学说甚高，其风甚烈。

015

人溺己溺，人饥己饥

*

当人的价值被不断压缩时
也只有人文知识分子中
有良知的那部分会坚定地
站在人这边

之所以对共产党持有好感，盖因赵熙相信"民贵君轻"。

民为贵，社稷次之，君为轻。孟子的这句话流传了两千多年，用其打政治牌的数不胜数，可真正懂得"以民为本"的却少之又少。

用"抽象人"取代"具体人"，导致人的矮化，是近代以来人类社会走过的最大弯路，因为抽象化的人会不可避免地被按照种族、国别和阶层等概念进行归类，使个体失去存在的独特意义。

而赵熙坚信人是万物的尺度，哪怕在天下无道、狼奔豕突的乱世。

展读青史，于右任的"江山代有英雄出，各苦生民数十年"可谓最真实的总结。"大饥"一词在《资治通鉴》中共出现41次，即每33.1年这片土地上就会爆发一场足以载入史册的饥荒。同时，"人相食"一词共出现33次，足令读者生腻，殊不知这寥寥三字背后是无数的家破人亡与易子相食。

而政客，唯知宏图霸业，哪计生民死活？

辛亥革命后，四川成为全国军阀混战时间最长、损失最重的省份。自1913年至1933年间，大小战事共计470余次，仅在成都打的巷战与围城之战就有20多起，标准的兵连祸结。

既然天地不仁，赵熙只好担起安民之责，在编纂《荣县志》时置"民生"为首要内容，不惜得罪国民党的县党部，也要直陈民间疾苦。

从这个角度出发，不难理解赵熙为何至死都不给秉持了大义却亏欠了黎庶的刘湘面子。

1918年，护法战争落下帷幕，四川督军的位子还没坐热，刘存厚便被靖国军司令熊克武给赶到了陕南。

两年前，护国战争结束，滇、黔两省的客军却并未撤离主战场四川，滇系的罗佩金与黔系的戴戡还因蔡锷罹患喉癌、赴日治病分别接任督军与省长，引起刘存厚的强烈不满。

刘存厚资历很老,在日本士官学校攻读时与阎锡山、孙传芳和唐继尧等人同班,1911年随蔡锷发动了"重九起义",光复云南。

由于他是川人,翌年便回川任师长,并在护国战争中支援入川作战的护国军,为倒袁立下汗马功劳。

战后,刘存厚因蔡锷的推荐升任军长,但他的野心显然不止于此。

两年里,投靠段祺瑞的刘存厚撵走了罗佩金,消灭了戴戡,终于获得北洋政府的承认。可也打烂了四川。

接连不断的兵燹让成都血流成河,繁盛之处焚毁多半,失业者高达十几万。

熊克武接手的不仅是一个百业凋零的烂摊子,还有派系林立、尾大不掉的"防区"。

防区制发轫于刘、罗、戴混战之时,三个军阀为减轻军费压力,都明文规定麾下各部可在其驻防区就地筹饷。

结果,仗打完后这些防区都成了自行其是的独立王国,军头们不仅在各自的地盘上征税,还委派官员,省府的政令沦为一纸空文。

熊克武对这种划区而治的乱局无能为力,只好予以承认,四川从此步入近二十年的"防区时代"。

动荡岁月里,一个团长都可自立为王,鱼肉百姓。熊克武的绥靖策略非但没能化解军阀之间的矛盾,反倒促使他们为了扩大领地乃至争夺省城而刀兵不止。

在此背景下,刘湘对其防区内的荣县竭泽而渔也就不奇怪了。

问题是,横征暴敛倒也罢了,但他居然把义仓里的救命粮都强行卖空,饿死不少贫民。

为此,赵熙往晤刘湘,请他宽恤民力。

从据理力争到拍案而起,赵熙与刘湘鸡同鸭讲,不欢而散。亲友提心吊胆,"咸为先生危",心底无私的赵熙却泰然自若。

因为他从来都对事不对人。

此前,荣县县长由刘湘麾下一个叫贺重熹的营长兼任。这位自号"升平"的贺营长虽是个赳赳武夫,但也崇文尚礼,在双溪书阁摆下酒席,宴请以赵熙为首的当地士绅。

由于荣县近郊匪患不绝,贺重熹以打油诗"三月三日天不清,荣州城外多匪人"向赵熙请教。赵熙见其急民所急,笑着替他补完道:"但得神明为遗宰,县中立地贺升平。"

贺重熹深以为荣,在座诸人亦对赵熙大雅通俗的续诗肃然起敬。

1929年,履新川省主席未久的刘文辉下令将各地庙产(孔庙的历年捐银,作祭祀之用)充公,提供军费。赵熙闻讯,立刻致函省府,请求将孔庙财产兴办学校,培育人才。

最终,买军火的钱成了教育经费,荣县文学社应运而生,赵熙开讲古代文学,启悟民众,改变了包括余中英在内的许多人。

1937年,川中大旱,荣县灾情尤重,赵熙建议四川盐务管理局局长缪秋杰修建从自流井(辖区内有丰富的卤水资源)到荣县的马路,在便捷盐运的同时也能以工代赈,救济灾民。

缪父与赵熙是同榜进士，缪秋杰对赵熙尊崇有加，因此资金迅速到位，工程即日上马，啼饥号寒的贫民蜂拥而至，自食其力，挺过了灾荒。

此事的意义不仅仅是四川版的凯恩斯主义。

据缪秋杰后来在《十年来之盐政》中回忆：

> 1937到1938年间，沿海盐场相继沦陷，海盐来源基本断绝。军需民食的供给，不得不仰赖后方盐区，川盐地位顿显重要。其时国民党政府战时首都撤到重庆，中国政治经济的重心移向西南；盐务总局也随之迁川，先后驻于五通桥、重庆，成了全国盐务管理的中心。

五通桥是古盐场，与自流井（今自贡市辖区）的盐井并驾齐驱，二者相加占据了四川盐业近八成的产额。

1940年，缪秋杰高升，主持全国盐政。在他的努力下，四川盐业产销两旺，范旭东那所号称"远东第一化工企业"的"天津永利"也落址五通桥。

事实上，连马一浮的复性书院都受惠于缪秋杰，得到其一万元的私人赞助。

冥冥之中，似有传承。

早在光绪十九年（1893），赵熙高中进士的第二年，他就以有"储相"之称的翰林院庶吉士的身份回乡，替父老出头，向知县去文揭发衙役的收粮陋规，要求改进。

其实，心系苍生固然因为修齐治平的儒家思想，但究其本质则与赵熙的成长经历密不可分。

赵家世代务农，家境贫寒，赵熙小时候曾随父亲挑煤炭进城贩卖。所幸其天资聪颖又终日苦读，故小小年纪就过目成诵，援笔立就，17岁时便考中秀才。

那是一场在嘉定府（今乐山市）举行的考试，与赵熙一同赶考的六七位考生多为富家子弟，不是骑马就是乘轿。赵熙背着行李，赶"11路公交"，大步流星地跟在他们后面。

夜宿旅店时，别人住上房，赵熙睡通铺。别人坐了一天交通工具，精力还很充沛，安顿下来便去逛街了，而奔走了一天的赵熙不仅筋疲力尽，双脚还被草鞋磨出了水泡，不得不找老板娘借针刺破，以免影响次日赶路。

到了晚饭时间，别人围坐在一起推杯换盏，热闹非凡，赵熙却像离群孤雁一般，躲在房间里静悄悄地摸出母亲为他准备的干粮——苞谷粑和沙胡豆。

一个叫程焕文的富二代看在眼里，心下不忍，说服众人后出面去请赵熙。

然而赵熙婉谢了他的好意。

程焕文不为所动，真诚相邀，终于说动赵熙出门，一同就餐。

四十多年后，感念旧情的赵熙设法营救了一个本被判处死刑的共产党员，他就是程焕文的儿子程觉远。

1887年，20岁的赵熙赴九峰书院深造。临行前，母亲将仅有的嫁妆（一只空心银镯）变卖，才替他凑足路费。

赵熙深自砥砺，受到书院山长胡薇元的喜爱，获得"尧生（赵熙字）年少最工文，鹤立寒鸡总不群"的赞许。

四年后，给人当家庭教师的赵熙手头渐宽，"始知酒味"，并从此一发不可收。据向楚回忆：

> 一般人都是酒酣耳热，话匣子便打开。赵先生平时沉默寡言，但只须见酒具摆出，话匣子也就同时打开，这便是我们亲密的几个徒弟受教益的机会了。偶至浓醉，且杂谐谑，如想吃甜东西，曾朗吟"口渴如烧眼欲花，不知红橘出谁家"。我们抽，才知道须先备买水果。

也是在这一年，赵熙中举，终于不再为果腹发愁。

由此观之，有的官员到基层历练久了，或许能够理解和同情农民，而赵熙本身就来自于田间地头，压根不存在能否共情的问题。

016

通往奴役之路

*

赵熙对民国的失望不满不是孤例
消费主义陷阱悄然而至

赵熙临终前曾留遗嘱,说自己入殓时要戴朝珠与官帽,着清朝官服。

同投水自尽的梁济与王国维一样,赵熙的行为与其说是眷恋前清,不如说是对民国不满。

梁济自沉的那天早上,曾问自己在北大哲学系任教的儿子梁漱溟一个问题:"这个世界会好吗?"

跟他一样,赵熙和王国维在观察了民国几年后,觉得现实越来越糟——旧秩序已然崩溃，新规则却迟迟无法建立。

在清末，赵熙这帮人是支持改良的"立宪派"。

然而，清末的宪治改革由于统治者的短视和缺乏诚意，在同革命党的赛跑中败下阵来，被有识之士斥为"假借立宪之名，巩固其万年无道之基"。

前清固然无道，可民国议员的素养也令人不敢恭维。

据梁济记载，每逢召开国会，北京的前门火车站门口，各个政党的工作人员就会树起本党招待处的招牌，竭力拉拢那些刚下火车的各省议员。

议员们也不客气，前呼后拥地赶往甲党的招待所，得到红包并承诺投甲党的票后又住到乙党的招待所，再拿一份红包，答应投乙党的票。

待揩完一轮油后，最终投了自己的票。

难怪有人得出结论：名为民国，而不知有民；称为国民，而不知有国。

四川杂文家刘师亮对时弊看得通透，写过许多辛辣的讽联和讽诗，如"民国万税，天下太平""自古未闻粪有税，而今只剩屁无捐""脚穿放鞋[17]近来多，裹脚缠它做甚么？好似方今新政体，内头专制外共和""你征我伐事诛求，说起方方有理由。只有无辜小百姓，事齐事楚总堪忧""几多杂币纸银圆，吸尽脂膏是四川。军阀太肥民太瘦，大家空自说民权"。

而对民国的法院，刘师亮的评价干脆只有八个字：

有条有理；

无法无天。

辛亥革命的意义毋庸置疑，但老百姓并没有因此收获安定富足的生活，社会风气还直线下降，军阀拥兵自重，官僚逞私蠹政，文人攘利争名，民间专尚诡谋。

用严复的话说就是：

> 夫中国自前清之帝制而革命，革命而共和，共和而一人政治，一人政治而帝制复萌，谁实为之，至于此极？彼项城[18]固不得为无咎，而所以使项城日趋于专，驯至[19]握此大权者，致国民心寒，以为宁[20]设强硬中央，驱除洪猛，而后元元有息肩喘喙之地故耶[21]。不幸项城不悟，以为天下戴[22]己，遂占亢龙，遽取大物[23]，一著既差，威信扫地。呜呼！亦可谓大哀也已。

历史倒车既不能开，社会问题只好被归因为"革命"

---

17. 大鞋。
18. 袁世凯。
19. 逐渐达到。
20. 不如。
21. 平民才有喘息之机。
22. 仰戴。
23. 指匆忙称帝。

尚不彻底。于是，五四青年向传统开炮，新文化运动兴起。

平心而论，新旧两派一派歇斯底里，一派绝望厌世，都对现实不满，但都没有找准病灶。

其实，答案媒体人杜亚泉早已点破，那就是"拜物教"与"社会达尔文主义"。

19世纪后半叶，这两股思潮在欧美合流，输入中国后给洋务运动（追求富强）和维新运动（物竞天择）提供了理论支持，形成杜亚泉笔下的"物质主义"。

物质主义奉弱肉强食为圭臬，认为物质万能。自其深入人心以来，杜亚泉指出：

> 一切人生之目的如何，宇宙之美观如何，均无暇问及，惟以如何而得保其生存，如何而得免于淘汰，为处世之紧急问题。质言之，即如何而使我为优者胜者，使人为劣者败者而已。如此世界，有优劣而无善恶，有胜败而无是非。道德云者，竞争之假面具也，教育云者，竞争之练习场也；其为和平之竞争，则为拜金主义焉，其为激烈之竞争，则为杀人主义焉。

物欲横流，人心嬗变，杜亚泉在1913年悲观地预测说，照此情形发展下去，不仅共和国家与立宪政治遥不可及，中华民国还将沦为"动物之薮泽"。

杜亚泉的忧虑，马克思在分析资本主义对人的物化时曾经讲过，说早期是通过生产控制人，晚期是通过消费文化捆绑人。

1931年，反乌托邦小说《美丽新世界》出版，赫胥黎在书中虚构了一个人被科技奴役的未来社会。

公元2532年，每个人都变成流水线上生产出来的工业产品。

从胚胎开始，你一生的故事便已注定。"阿尔法"是高阶的，从事研究类工作；"阿普西斯"是低级的，早在受精卵时期便被注射毒药，毁掉智力，以便日后专注于体力工作。

社会的正常运转和永无止境的消费是所有人的唯一目标，而维系这一切的是一种叫"嗦麻"的药物。

空虚吗？寂寞吗？痛苦吗？不要紧，嗦麻让你药到病除，远离负面情绪，始终保持乐观的心态和饱满的热情。

嗦麻是一种隐喻，象征名车、豪宅与奢侈品等消费陷阱。

商品社会里，商品的价格之所以常常背离其真实价值，盖因消费者不得不为物品的附加符号额外付费，比如明知钻石并不稀缺，只是20世纪最成功的营销谎言，也心甘情愿地挨宰，只因你的阶层被它标记，你的伴侣被它洗脑。

结果越来越多的"需求"被炮制出来，越来越多的"身份"被商品定义。

而由于心理学上的"享乐适应"，欲望满足所提升的幸福感只能维持很短的一段时间，故人在"赚钱—购物"的轮回中阈值愈来愈高，夙兴夜寐地替消费主义的大厦添砖加瓦，至死方休。

对此，阿兰·德波顿说：

过多地关注他人（那些在我们的葬礼上不会露面的人）对我们的看法，使我们把自己短暂一生之中最美好的时光破坏殆尽。

可惜，即便看透，你作为环境的产物也难以独善其身。

一旦你试图拒绝异化，摆脱这场不知伊于胡底的攀比游戏，外部的否定与嘲笑便会接踵而至——妻子嫌你没本事，父母怪你不孝顺，连路人都能指责你"缺乏责任感"。

于是你只好继续参与内卷，直到所有人的存在感和存在价值都被商品消费所替代。人，本应是社会的主体，人类文明的发展目标，结果到头来却被物所主宰。

017

心灯点燃心灯
微光照亮微光

*

如切如磋，如琢如磨

　　1945年4月28日，墨索里尼与其情人贝塔西以及同行的十几个纳粹分子被意大利游击队枪决。

　　米兰的广场上，他们的尸体被倒吊在一个加油站的棚顶示众，成千上万的人涌来观看，唾弃者有之，扔鸡蛋者有之，甚至还有泼粪的。

　　贝塔西死时穿的是半身裙，尸首倒挂，裙子下垂，露出了内裤。

谩骂声中，人群中走出一人，不顾周围投来的异样目光，独自爬上梯子，将贝塔西的裙子拉起，用自己的腰带系住裙摆，使其不复下垂走光，维护了这个女人最后的尊严。

他是一个早已消失在时光中的路人甲，但他逆众而行的微末善举穿越了王朝兴废，山谷、陵替，使千百年后的人们也能感悟到良知之光，对人性重拾信心，就像电影《云图》的片尾陈词：

> 我们所做的任何事，在人类宏大的历史和空间范围里都是微不足道的，但正是这些不计其数的微小的善的信念，使得人性的种子即使在最险恶的环境中仍能得以保存，经过时空的洗礼，在未来的某个时间某个世界，放射出最耀眼的光芒。

把人当人，是文明的起点，也是赵熙知人论世的准则。

从这一点出发，辛亥之后舞台中央的衮衮诸公，在赵熙看来是一蟹不如一蟹。

1912年，袁世凯准备就任大总统，多次派亲信暗示赵熙，表达借重之意。赵熙托病婉辞，携眷南下，寓居上海租界，以避袁之纠缠。

不仅如此，赵熙还劝梁启超拒绝袁世凯的延揽。

梁启超当时人在横滨，就袁世凯约他回国之事遣使至沪，商之于周善培，周善培又商之于其师赵熙。

赵熙时年四十五，从未出过国，也没见过书信往来久矣的梁启超，乃由周善培出资，同赴日本。

两人先后与梁启超、康有为晤面，康、梁师徒漂泊海外多年，而今见民国肇始，急欲用事，故赵熙的劝阻完全无效。

归国后，赵熙决意回乡当逸民。临行前，对周善培说："梁与袁合作，实处身败名裂之际。"

1915年，袁世凯的复辟野心逐渐暴露，梁启超如梦初醒，给赵熙去诗致谢：

昔君东入海，劝我衽慎趾[24]。
戒我坐垂堂[25]，历历语在身。

是年底，云南都督蔡锷在其师梁启超的支持下起兵讨袁，势如破竹，逼得川督陈宧（袁世凯心腹）宣布四川独立。

不久，袁世凯被迫取消帝制，而后身死。主政四川的蔡锷称奉师命，邀赵熙赴蓉，建言献策，奈何因喉癌来势凶猛，终究缘悭一面。

1941年，赵熙被缪秋杰迎往重庆北碚，因报载而为蒋介石所知。

蒋欲高薪聘请赵熙当政府顾问，并请宴于官邸。为此，特命行政院院长孔祥熙先去吹风。

赵熙本拟谢绝，但几个在政府部门工作的弟子恐此举

---

24. 指审慎。
25. 喻危险。

会触怒蒋介石,乃商请时任军委副总参谋长的程潜从中调解。

于是双方各退一步,蒋介石同意聘任之事不提,赵熙也不驳"蒋公的面子",按时赴宴。

席间,蒋介石虚心求教,并关心赵熙的生活。赵熙说:

> 抗战时期,川人自应贡献,惟乡居所见,平民负担过重,希政府加以体恤。而国之大政,则非衰朽所知。至于个人生计,薄有田产,尚可自给。

言讫,告以翌日还乡,不再谒别。

赵熙之所以对做官的兴趣不大,因为在他看来,政治只是实现良善社会的手段,奈何太多人将其当成争权夺利的游戏。

清朝的官,他断断续续拢共当了不到十年,中间不是回乡丁忧,就是应黎庶昌(曾国藩四大弟子之一,时任川东道,辖区大致与今重庆相当)、沈秉堃(清末广西巡抚,时任泸州知州)之邀到地方主持书院和学堂。

其实,只要能"开学兴农",在朝在野并不重要。

就像一个理性之人,不会将生活中的一切都"泛政治化",因为他知道生命中还有很多美好的事物。

凡事上纲上线,只会让人在偏狭固执的道路上越走越远,就像那些动辄给别人安"遗老"帽子的网民。

事实上,赵熙在清末官场以骂权贵和批评政府著称,按照"键政专家"的逻辑，这不仅不爱大清，还很符合他们常用的另一个标签：公知。

入仕之初，赵熙就不安分，与思想活跃的三个四川同乡杨锐（内阁中书）、刘光第（刑部主事）和乔树楠（刑部主事）结为至交。

杨锐与刘光第都是湖广总督张之洞推荐给光绪的维新人才，戊戌年间被超擢为正四品的军机章京，参与变法。

比康有为还大一岁的杨锐是"六君子"里最老成的，早年被张之洞誉为"当代苏轼"。但他优柔寡断，与激进的林旭、谭嗣同不合，故一直扮演"踩刹车"的角色。

当光绪感到保守派的反扑愈发凶猛而慈禧的敲打已声色俱厉时，担心帝位不保的他让杨锐拟了份密诏，倾诉苦衷的同时让军机四章京筹商一条既能改革又不违抗太后的办法出来。

然而，杨锐预感山雨欲来，恐惧彷徨，竟把密旨压了三天，历史的走向就此改变。

同幕僚出身的杨锐（张之洞幕）相比，刘光第显得清贫而寡交。但他喜欢跟年轻人交流，对比自己小八岁的赵熙说过许多肺腑之言，如：

> 咸、同大臣，左（宗棠）不如曾（国藩），曾不如胡（林翼），于此知克己之最难。

> 朝鲜之役，吾语翁尚书（指军机大臣兼户部尚书翁同龢）矣。李傅相（李鸿章）临事观

海军而知海军之不足用,用兵船器械而知兵船器械之难尽张施(施展),而倭夷则兵精也,器械良也。此关乎日内政之不足,而复冒礼信之空文(用礼节性的虚文掩饰),其战之不可恃,大都然也。其大可恃者,使人人知朝鲜之万不可失,百战以持之而已。然外有李傅相更事甚多(经历丰富),其议之谬者寝(平息)之,而不谬者犹可从也。惟政府无人,而毛举细故(只盯着鸡毛蒜皮的小事)者言不及此,一旦海疆失利,恐将归咎于言事之人,而言路转闭。

  为今之计,莫如交章请恭王(洋务运动的主持者奕䜣,在首席军机大臣任上被慈禧罢免,闲居多年)总政府,使内政肃清;严谕李鸿章坚定我师,万难不挫其志。官京朝者(京官),堂察其司(部长考察司长),司察其吏(司长考察科员),以朴实耐苦为人材,而酬应巧滑者屏(摒弃)不用;外任督抚,各廉能吏(清官与干吏),严黜陟(官员升降)之柄,使人人尽力抚绥,则匪民皆为良民。

赵熙常与刘光第谈至深夜,在日记里留下诸多记录:

  刘裴村先生过谈,为摘小诗疵,累十数条。

> 谒裴公先生论时事，慨然有世道人心之忧，而精神为之一振。

> 裴公学博而实，盖深自得之候也[26]。师范在前，敢弗勉旃[27]。

独立思考与实事求是都是稀缺的能力，刘光第的言传身教对赵熙影响深远。

比如，刘光第对康有为的很多做法无法苟同，曾向光绪面奏：法当变，不当变自康有为。

的确，把反对、中立，甚至支持自己的人都得罪得干干净净后，康有为见变法举步维艰，失势的征兆却日益明显，甚至要被顶不住压力的光绪赶到上海去办报，竟想铤而走险发动政变，围园（颐和园）杀后（慈禧），结果所托非人，计划败露，导致帝后不共戴天而六君子死于非命。

相比于许多纯粹的改革派，康有为想当帝师的名利心太重。看透了这一点的赵熙一方面指出刷新政治的必要性和紧迫性，一方面又喟叹"惜乎变而不法，遂予诸庸口实"，为功败垂成的"百日维新"扼腕。

---

26. 是因为能自觉而深入地求知。
27. 不敢不自勉。

018

大清御史赵香宋

法律必须被信仰
否则形同虚设

刘光第的求真精神让他在"六君子"里显得最"天真"。

政变发生后,"六君子"下狱。一日,传唤人犯,康广仁以为死期将至,大哭不已。刘光第因长期任职刑部,熟悉流程,安慰道:"这是提审,非就刑,毋哭!"

及牵引六人从西角门出,刘光第才呆若木鸡,因为按惯例,绑赴市曹处斩者始出西角门。

刘光第大骂道:"未讯而诛,何哉?"

因为清朝缺少程序正义。

到了刑场，刘光第大声问监斩官刚毅："祖制虽盗贼临刑呼冤，亦当复讯，吾辈纵不足惜，如国体何？如祖制何？"

刚毅无言以对。

行刑时，刽子手强摁六人跪下，唯刘光第不从，昂首挺立。

杨锐悲凉道："裴村跪跪吧，权当是遵旨了。"

念及光绪，刘光第终于勉强屈膝。随着行刑者的一声吆喝——"刘老爷成佛"，这个几年前因力揭朝弊、痛斥权奸的《甲午条陈》而名震寰宇的忠臣人头落地。

刘光第的死对赵熙刺激很大。

直到40年后，在给刘光第写传记时他依旧耿耿于怀，说慈禧当年的行径是"一滴之祸水，胥溺[28]及九州"。

此外，对刘光第的遗孀，赵熙多有资助。刘光第的三个遗子，也都引而教之，俾使家世不坠。

宣统元年（1909），时任御史的赵熙瞅准机会上疏替"六君子"翻案。虽奏折被留中不发，但直声已震动天下。

刘光第遇害后，赵熙对倒行逆施的清廷失望至极，常以忧愤之姿与当途对抗。

1901年，《辛丑条约》签订，赵熙怒而上书庆亲王奕劻，要求"请惩祸首，自张国法，牵彼犬羊，戮之市朝"。

---

28. 相继沉没。

所谓祸首，指那些战前日夜叫嚣与洋人玉石俱焚（甚至虐杀无辜的洋妇洋童），战端一开却闻风而逃，让全国人民承受惨痛代价的政治赌徒。

宣统年间（1909—1911），转任言官的赵熙火力愈猛，先后弹劾湖北布政使杨文鼎行贿，吉林巡抚陈昭常贪污，并反对四川总督（四川无巡抚，布政使直接向总督汇报）赵尔巽改"票盐"（民贩）为"官盐"（国营）的奏陈，因为此举不仅会让引车卖浆者失去生计，也给腐败大开方便之门（官办垄断，缺乏监督）。

当然，最有名的一战还是弹劾奕劻。

宣统年间，载沣暗弱，隆裕颟顸，朝政归于首席军机大臣奕劻。奕劻素来贪鄙，玉墀政以贿成。御史蒋式瑆早就看不下去，在光绪末年便上奏说奕劻是个"裸官"，有巨款存于汇丰银行。结果奕劻刀枪不入，蒋式瑆被遣回原单位（翰林院）任职。

三年后，"三菱公司"里的赵启霖接棒，向奕劻发难。

"三菱"是时人对御史台三个言官赵启霖、江春霖和赵炳霖的爱称，意即他们像日本的三菱公司一样兼具实力和魄力。

赵启霖的矛头对准时任署理（代理）黑龙江巡抚的段芝贵，说他这官是买来的，贿款分为两部分，一是给奕劻贺寿的十万金，二是高价赎买的名伶杨翠喜（送与奕劻之子载振为妾）。

奕劻父子大恐，暗中将杨翠喜撵出家门，撇清关系，导致赵启霖以"谎奏"之罪被革职。

又三年，江春霖开炮，纠劾奕劻招权纳贿，门庭若市。结果奕劻再次安然无恙，而江春霖像蒋式瑆一样，被贬回翰林院坐冷板凳，旋即愤而辞官。

都察院沸反盈天，在赵炳霖的牵头下，参劾奕劻的奏章雪片般飞入紫禁城。其中，赵熙的折子文理并茂，四海敬服：

窃国家只用人、行政两大事，今有不得不为宪政前途计者，以亲贵大臣不宜操行政之权是也。盖既操行政之权，即应负行政责任，贵族而操政权，政之不当，谁敢非者？即如庆亲王奕劻在军机，蒋式瑆言之而斥回原衙门，赵启霖言之而革职，实显然钳人之口也。

一旦亲贵布满朝列，私情贿赂，巨费如山，一一皆穷民脂血所积，而海外鹰瞵虎视之众，在在[29]注我得失也。

疏入，毫无悬念地石沉大海。

赵熙心灰意懒，在参加江春霖的送别宴上赠诗道："虎豹九关天路运，荆高一去酒人孤。"[30]

幸亏还有陈衍(学部主事)、胡思敬(御史)和林思进(内

---

29. 处处。
30. 残暴的权臣官运亨通，荆轲与高渐离离去后，只剩下我一个孤独的酒徒。

阁中书）等文友，赵熙与他们缔结诗社，吟咏唱酬，常醉饮于宣武门外的广和居。

广和居的墙上曾有赵熙的三首题诗，俱是讽刺那些谄事亲贵的巧宦，如讥直隶总督陈夔龙（曾让妻子拜奕劻为干爹）"照例自然称格格，请安应不唤爸爸[31]" "儿自弄璋[32] 翁弄瓦[33]，寄生草对寄生花"。

除此之外，还有更猛的一句：清明他日上谁坟。

表面看在说这帮人到处乱认爹，以至于清明节不知该上哪儿扫墓，实则将"清（朝）""明（朝）"并举，大有故意犯禁之势，吓得广和居的老板将诗悉数刮去，但原作已在坊间传开。

正因有赵熙这样的国士，即使痛恨清廷的同盟会会员也不得不公允地评价说：

朝政已无是非，言官犹有气节。

---

31. 满人呼父亲"阿玛"。
32. 生男。
33. 生女。

019

家贫思贤妻
国乱思良臣

*

政企不分,弊窦丛生

保路运动爆发时,赵熙人在北京,只能遥为声援。比如弹劾借债卖路的邮传部尚书盛宣怀:

> 厝[34]君父于积薪之危,加民众以破家之害。

---

34. 安置。

> 盛宣怀私财至数千万之巨，试问天不雨金，钱从何处来？

再比如当四川总督赵尔丰下令对请愿民众开枪，酿成"成都血案"后，赵熙义愤填膺地上了道《请杀赵尔丰折》：

> 上谕"胁从罔治"，则匪尚有可抚之理，民断无可剿之理，而成都附郭州县，血海尸山，上海今设救济会往埋之，老者少者，何胁何从，岂能委之劫运？伏望皇上圣明，念死者之冤，平生者之愤，迅将赵尔丰即行正法！

从赵熙的角度重审保路运动不难发现，他虽人不在场，但存在感丝毫不弱，因为官员、士绅和革命党三个群体里，都有他的知交和学生。

侵占路权，是列强在中国扩张势力范围的捷径。庚子国变后，西方的勘测队争先恐后地深入神州腹地，瓜分之祸近在眼前。

有鉴于此，四川总督锡良上任未久便会同湖广总督张之洞奏请朝廷，提出共建川汉铁路，以"辟利源而保主权"。

天府之国，群山环绕，与世隔绝，亟须铁路。然朝廷之所以被锡良说动，主要因为安全问题——外人垂涎川路，群思揽办，而川省位居长江上游，一旦路权旁落，藩篱尽撤，下游的沿江数省将顿失险要。

1904 年，川汉铁路总公司在成都成立，旋即公布川汉铁路设计方案：总长1980公里，东起汉口，西抵成都，以宜昌为界划为两段，分别由四川、湖北当局承建。

由于款巨工艰，集股采用众筹的办法，分为官本（政府财政投入）、公利（川汉铁路总公司经营其他业务的盈利）、认购（个人自愿出资）和抽租（对田租强制以年缴额的3%入股）四种。

表面看，股金来源渠道众多，但实际上抽租之股占到股款总额的76%以上。换言之，绝大部分川民自此都与川汉铁路休戚与共，而政府也大张旗鼓地渲染铁路通车后将给股民带来的经济回报，以及给川省发展带来的想象空间，报纸上甚至有以落水鬼的名义发表的戏谑文章，说像他这样葬身鱼腹的水鬼比长江沿岸的鹅卵石还多，故他们强烈要求加快铁路建设，以免大家出川时步其后尘。

胃口就此吊足。

虽然民资占大头，但川汉铁路总公司属于彻头彻尾的官办企业，督办一职由署理四川布政使的冯煦兼任，后来赵尔丰也当过几个月，因驻藏大臣凤全在川边遇害，需其领兵进剿，方才离任，然后督办就落到了署理按察使（常务副省长）的沈秉堃头上。

沈秉堃与赵熙交好，曾邀他主持川南学堂（后被赵熙以"为学要为上下古今之学，不能只求耳目尺寸，这叫纵；当为大通世界之学，不能拘守方隅，这叫横"为由更名为"经纬学堂"），培养了吴玉章、但懋辛和黄复生等一批革命的火种。

鉴于四川各界"路属民办，则事应绅管"的呼声一浪高过一浪，锡良将公司改组为官商合办的形式——撤去督办一职，由"官方总办"和"绅商总办"各一名协同管理。

官总办即沈秉堃，绅总办则是深孚民望的士绅代表乔树楠。

刑部郎中（司长）乔树楠是华阳（成都府当时下辖成都、华阳两县，今属天府新区）人，早负文誉，乃赵熙与刘光第订交的中间人。

刘光第罹难时，乔树楠不避"康党"嫌疑，无惧慈禧罪谴，跑到刑场痛哭流涕地替好友收尸，时论高之。

乔树楠后来官至学部左丞，任上举荐过谢无量和《老残游记》的作者刘鹗，以及王国维的老师罗振玉。根据罗振玉的建议，他曾下令封存莫高窟的藏经洞，避免敦煌文献在经斯坦因与伯希和的扫荡后进一步流失海外。

然而，乔树楠毕竟不懂经济，又在北京工作，主要任务只是帮公司勾兑一下高层，故这种口惠而实不至的"官商合办"很多人并不买账。

而且，铁路尚未动工，200多万两白银的股款先被拨去办重庆铜圆局了。

铜圆局即铸币厂，此事锡良请过圣旨，初衷是想让公司能自己造血，毕竟川汉铁路的施工费预计达5000万两白银之巨，很多人都对这个空前浩大的项目能否顺利完工表示怀疑，列强更是冷嘲热讽。

张之洞也不认可众筹造路的"四川模式"，认为股散本弱，难成气候，主张向西方借款修路，只因反对者众不得不暂且作罢。

可见，锡良的用心并没有错。

但公司的积弊也委实不少，冗员多，开支大，账目乱。

因此，以蒲殿俊（1875—1934）为首的川籍留日学生一直力主公司彻底改制，转为商办。

蒲殿俊是科举废除前最后一届进士，公派日本留学。听说家乡成立了中国第一家杜绝外资的铁路公司，他立刻行动起来，率300多位同学认股4万余两白银。后又发动亲友，分头劝募，共筹集白银30万两，形成良好的示范效应。

1905年，公司宣布官商合办，但用人、行政之权仍操之官府，与官办无异。蒲殿俊大为不满，发起"四川留日川汉铁路改进会"。

在改进会的鼓动下，以伍肇龄为代表的川中名宿积极响应，推进公司私有化。

伍肇龄当时年过八十，官居从四品的翰林院侍讲学士，早年与李鸿章是同榜进士，被其称作"天下翰林皆后辈，蜀中名士半门生"。

迫于众议，朝廷在锡良的奏请下同意川汉铁路总公司改为商办，官股退出。

时维1907年，全国共有18家铁路公司，其中13家属于商办。

改制后，乔树楠任总理，身在成都的胡峻任副总理。除重大事项仍须请示川督外，实权一概下放。

看上去很美好，但监管缺失的问题并没有得到解决，还在一个叫施典章的人身上集中引爆。

施典章是"官商合办"初期川汉铁路总公司引进的首

席财务官(总收支),原任广州知府。

舍弃省城主官的位子"下海",在当时颇具勇气,或许这跟广东开埠早、商业气氛浓有关。

作为公司的CFO,施典章见募集的资金已近1000万两,大都闲置在银行账上,不禁动起资本运作的念头。

1910年,他伙同几个公司高层以"保值增值"为由,挪用约350万两公款到上海炒股,并通过钱庄放贷。

结果股灾降临,钱庄倒闭,巨款顷刻化为乌有。

此时胡峻已病故,乔树楠已辞职,川汉铁路有限公司在北京、成都和宜昌各设一总理,相当于三个CEO共治。

成都的总理坐镇大本营,北京的总理与中央对接,而之所以宜昌也有个总理,盖因两年前公司的总工程师詹天佑到任后,工程总局在宜昌成立,铁路也总算正式于此破土。

但这并不足以驱散笼罩在川人心头的阴霾。

首先,川督已换成赵尔丰的哥哥赵尔巽。此人在湖南巡抚任上虽也办过些新政,但远不如锡良开明,是辛亥革命时封疆大吏里顽抗到底的死硬派,清亡之后全力编写《清史稿》。

其次,施典章盲目投资,中饱私囊,给川汉铁路有限公司造成重大财产损失。

最后,也是令川人最愤恨的,即美、英、德、法的驻华公使联合照会外务部,要求清政府迅速与四国银行签订粤汉、川汉铁路的借款合同。

之所以有这么一出,在于一年前张之洞与英、法、德三国银行团拟定的一纸草约,内容关于粤汉铁路及鄂境川汉铁路的借款事宜。

1908年，张之洞右迁军机大臣，并兼粤汉铁路与川汉铁路（鄂境）督办，于是又动起借钱修路之念。

无论张之洞的兼差，还是三国银行的借款草约，都明确"鄂境"二字，说明朝廷承认四川境内的路段是归川汉铁路有限公司的。但这里面有个细节，即铁路开工于宜昌，而宜昌在湖北境内。

詹天佑的方案是从宜昌沿三峡往回修，修到巴蜀东大门夔州才算抵川。这段四川帮湖北代修的路有五百多里，按锡良与张之洞此前的约定，待全线通车后湖北用25年的时间将之赎回。

对众多小股东来说，路怎么修不重要，重要的是锡良当初反复强调的"不招外股，不借外债"。一张流传至今的川汉铁路有限公司股票的背面，清清楚楚地写着中英文对照的说明：

此股单照定章不得转售或抵押与非中国人，如不遵章，此单即作废纸。

020

物不得其平则鸣

*

历史在川汉铁路上
形成溢口

举债筑路的方案再次遭到群起反对。

与此同时,美国也强行挤进谈判桌,将三国银行团变为四国银行团。

张之洞颇觉懊悔,因为美国的加入会招致日、俄干涉,届时对中国的敲诈勒索势必不少。因此,他停止推进借款之事,没过多久便死了,草约就此搁置。

这下轮到载沣身边的皇族新贵们不爽了。

虽然这帮人都被载沣安插于要津，掌控着财政（载泽）、海军（载洵）和禁卫军（载涛），但跟人多势众的"庆袁集团"（奕劻与袁世凯的政治联盟）相比，还是太嫩。

无论制度怎么变，奕劻都是政府首脑。哪怕清政府迫于压力仿行宪政，搞责任内阁，他也还是"总理"的不二人选。

至于跟自己积怨已久的袁世凯，载沣一上台就让他回家养病去了。

但不管谁执牛耳，都已指挥不动新军里的那些镇（师）、协（旅）主官，因为他们大多来自"北洋系"，唯袁世凯马首是瞻。

在此背景下，载泽提出"借外债，结外援"的政治路线，希望背靠列强，排挤奕劻。加之1911年初，同旧敌日本完成媾和的俄国又向东北磨刀霍霍，新一轮的亡国危机近在咫尺，除了抱紧美、英、德、法的大腿，载沣无计可施。

四国最垂涎者，即中国之路权，故载沣决定将川汉铁路收归国有，抵给四国银行，获取贷款，以便筑路及兴办其他实业。

问题是除宜昌修了一段外，川汉铁路作为标的物眼下仅存于图纸之上，四国银行就敢放贷？

不仅敢，而且很乐意，因为四国正好以此为由在订约时先行侵占筑路权，掌管川汉铁路的用人、购料与理财。等借约到期，清政府还不上钱，路权也就顺势拿下了。

在此背景下，杨度等信奉中央集权的京官以施典章与汤寿潜（原浙江全省铁路有限公司总理）的腐败案为例，力陈商办之弊：

> 取民尽锱铢，局用如泥沙，出入款项，均无报告。
>
> 前款不敷逐年工用，后款不敷股东付息。款尽路绝，永无成期。
>
> 数载以来，粤则收股及半，造路无多；川则倒账甚巨，参追无著；湘、鄂则开局多年，徒供坐耗。

平心而论，这些指责都是客观事实。因此，清廷堂而皇之地发布上谕，将全国路网划分为"干路"与"支路"，支路允许商办，干路悉归国有。

毫无悬念，川汉铁路属于干路。

圣旨颁布的前一天，立宪政体下的责任内阁终于千呼万唤始出来，可惜是让所有人都大失所望的"皇族内阁"——总理、协理加各部大臣共13人，其中满人占9席（7席是皇族），汉人则只有区区4席。

四席里即有邮传大臣（交通部兼邮电部部长）盛宣怀。

作为李鸿章的得力助手，盛宣怀对搞国有化驾轻就熟。早年，他协助李鸿章创办轮船招商局，先以"官督商办"的名义募资，承诺"盈亏全归商办，与官无涉"，以吸引商人入股。待做大做强后再挤走熟悉业务的徐润和唐廷枢等职业经理人，使轮船招商局官办色彩越来越浓，直至沦为政府的钱袋子，每况愈下。

李鸿章死后,盛宣怀失去保护伞,手上的两张王牌轮船招商局和中国电报总局被继任直隶总督兼北洋大臣的袁世凯收入囊中,直到载沣上台才柳暗花明。

通过走载泽的门路,盛宣怀被历史推上风口浪尖。

甫一上任,盛宣怀便奉旨与四国银行团订立贷款合同。打配合的除了度支大臣(财政部部长)载泽,还有复出担任"督办粤汉、川汉铁路大臣"的端方。

端方两年前当过几个月的直隶总督,因在慈禧出殡时私带摄影师拍照而遭弹劾罢免。此际,他的任务是南下会同各地督抚收路。

这一套倒行逆施的组合拳打下来,民愤自然极大。而川人之所以尤怒,在于朝廷歧视性的退赎方案。

铁路国有化后的退股细则主要针对三部分:

一、公司账上还剩的钱;

二、公司历年开办和筑路已花的经费;

三、公司投资失败和职员腐败造成的亏空。

对粤路、湘路和鄂路,政策是三项都认,以现金或债转股的形式偿还。而对川路,政府则拒绝为施典章的300多万两亏损(即第三项)买单,只认尚余的700来万两存款。

之所以厚此薄彼,盖因湘、粤两省在朝显宦较多,而鄂省股款仅100万两,且多为官股。

但不管怎样,施典章又不是猎头挖来而是锡良奏调、朝廷委任的,捅出了篓子让股东背锅,殊不合理。

彼时赵尔巽已调任东三省总督，推荐驻藏大臣赵尔丰接替其职。在赵尔丰到任前的"空窗期"，总督暂由布政使王人文"护理"（指替上司"护印"）。

王人文是光绪九年（1883）的进士，与赵熙交好，王揖唐的代表作《今传是楼诗话》里有一章就叫《王人文、赵熙相交至深》。

留日归国的蒲殿俊也跟赵熙相熟，他在法部（司法部）当了一年主事（处长）后，回川任新成立的咨议局议长。

咨议局是资政院的省级下属单位，相当于省人大，职在监督政府，推进宪政，议员多为商界领袖或社会名流。

蒲殿俊在议长任上积极参与抵制张之洞借款草约的活动，此刻又代表川汉铁路有限公司与王人文对接。

王人文与蒲殿俊主张一致，其属下劝业道周善培又是蒲的好友，故替川汉铁路有限公司发声也是意料中事。

在给内阁的奏文中，王人文说事关全省百姓利益，当有万全之策，请求暂缓交路。

暂缓而已，没有反对，因为即便是铁路公司的那些大股东，虽不爽丧权辱国的卖路行为，但只要把账算清，把窟窿抹平，对自己和川民有个交代，也就认了，毕竟大伙都不是革命党，不到万不得已不会跟政府撕破脸。

可惜，代表政府的内阁总理已被架空——载沣绕开奕劻，直接与载泽、盛宣怀决策，斥责态度并不激烈的王人文。

其实，奕劻虽贪，但毕竟老成持重。由他主事，那封得寸进尺的"歌电"（农历每月初五发送的电报）不会发出。

021

革命靠自觉

*

王人文为民请命

赵尔丰进退失据

歌电既蠢且坏,由端方与盛宣怀联名发给王人文,要他速与川汉铁路有限公司筹商,在原来不认第三项(施典章亏耗)的基础上,前两项也变了。

第一项,700多万两余款不退了,悉由端方接收,发"有息股票"凭证,未来铁路通车,营利给大家分红;第二项,公司开业以来的已花经费,折算成"无息股票"凭证,日后赚钱了逐年返还。

问题是政府已跟四国银行签约借债，抵押物就是铁路，将来路权能不能赎回都难说，你还想拿空头支票侵吞路款？

其实，盛宣怀之所以明目张胆，在于川汉铁路有限公司的资金来源主要是租股，即升斗小民的散碎银两。因此，余款总额虽大，但分摊到每个人头上却不值一提。

而且，经年日久，很多人或已丢失收据，或在层层倒卖中成了笔糊涂账。在盛宣怀看来，钱即使退回去，也到不了百姓手中，而是被一级级经办人员蚕食。

既如此，还不如搁在账上继续修路。

盛宣怀的想法也许符合国情，可问题是当初募股时政府不仅大打民族主义之牌，还夸大了持股回报，让人产生"利市百倍"的错觉。现在希望落空，后果有多严重，王人文比谁都清楚。

因此，他把电报捂了几天，继续跟北京磋磨，结果不仅被严旨申斥，邮传部还下令禁止各地电报局收发"煽惑违抗铁路国有政策"的电报。

王人文别无他法，只好公布朝廷立场，一时间阖省大哗。

1911年6月11日，川汉铁路有限公司召开临时会议，邀请股东代表、咨议局议员和各行各业的杰出人士参加。

在山呼海啸的谴责声中，有人提议成立"保路同志会"，跟卖路卖国的盛宣怀斗争到底，受到与会人员的热烈响应。

会后，蒲殿俊受托去督院街的总督衙门请示，得到王人文的批准。

六天后的岳府街，川汉铁路有限公司内摩肩接踵，群情激愤。

擅长演讲的咨议局副议长罗纶登台发言：

> 盛、端歌电，实为苛政！夺路劫款，只发股票，实为骗局！压迫川人，违背朝旨，实为残臣！步埃及、印度后尘，大借外债，招致亡国之祸，实为汉奸！

语未毕，已哽咽难言，索性放声大哭。

台下愤懑不已，也哭成一片，连维持秩序的巡警都扔了警棍，抽泣道："我亦四川人，我亦爱国者。"

待会场上的与会人员情绪稍稳，罗纶宣布"保路同志会"成立，下一步要联合所有川人，并派代表赴湘、鄂、粤、京联络同道，一起拒债、废约、争路。

于是，大会推举蒲殿俊为保路同志会会长，罗纶为副会长。曾留学东京帝国大学（东京大学前身）并有翰林院侍讲衔的青年才俊颜楷（1877—1927）毛遂自荐，任干事长（秘书长）。

会后，两千多参会群众浩浩荡荡赴督院请愿，队首是由人搀扶缓行的伍肇龄。

对众人"废止借款合同，撤回收路成名"的请求，王人文承诺代奏，并表示会力争到底：

> 虽三、四奏，直至罢职，亦乐为川人尽责。

不久，全川各州县与各细分行业陆续成立保路同志会分会，颇具巴蜀特色的"女子保路同志会"也鸣锣开张。更夸张的是，连小学生保路同志会都出现了，会长是年仅12岁的黄季陆，后成为国立四川大学的第二任校长。

同盟会总部见川中形势大好，立即派吴玉章回国相机引导，而同盟会重庆支部（同盟会在国内分东、西、南、北、中五大支部，重庆支部领导整个西部地区的革命活动）的负责人杨庶堪（赵熙门人）和四川分会（重庆支部的下级单位）的骨干曹笃（赵熙门人）也紧急磋商，部署人员渗透保路同志会，把争路往反清的道路上带。

王人文见当局执迷不悟，决定放手一搏，具折弹劾盛宣怀。

周善培劝道：

> 言而听，诚朝廷之福，四川之幸；言不听，必有谴，轻亦革职，重且不可测，望公熟虑。

王人文愀然道：

> 吾以一进士，不三十年，擢居此任，朝廷待我厚矣。值此国家存亡，岂能计个人祸福，默不言耶？

劾疏里，王人文认为欲消当前之患，除罢免盛宣怀外别无他途。为促使皇帝早下决心，他自请"治臣以盛宣怀同等之罪",如此则"既谢外人,使知发难者臣;又谢盛宣怀,使知纠弹者臣"。

结果盛宣怀不仅没事,还暗中收买了川汉铁路有限公司的驻宜(昌)总理李稷勋,命他赶紧把那700余万两移交端方。

王人文则被安了个"纵民酿祸"的罪名,"著革职进京"。

清廷亦知此举是火上浇油,乃催赵尔丰快马加鞭,及早履任,以免成都生变。

赵尔丰素有"屠户"之称,剿匪平乱是把好手,但也经常错杀无辜百姓。

跟许多虚报战功的酷吏不同,赵尔丰草菅人命的出发点很纯粹,就是斩尽杀绝,震慑不臣,用鲜血染红自己的顶戴。

在赵尔丰看来,川人服硬不服软,畏威不怀德,必须从严治之。但他毕竟了解保路风波的始末曲直,故当王人文向他电告路事发展情况并主张未用股款留给川人兴办实业时,赵尔丰立即复电赞同,夸王人文谋国忠诚。

到任之初,赵尔丰态度温和,哪怕在出席川汉铁路有限公司的特别股东大会时被咨议局议员张澜驳得体无完肤,也并未动怒,还任由大会选举颜楷为会长、张澜为副会长。

不久,赵尔丰派人给特别股东大会送来邮传部的电咨,颜楷、张澜等人方知李稷勋已被盛宣怀"招安",成为"国有铁路驻宜总理",且照用川款(交端方的那700万两),续修铁路,等于事权暗移,路、款并送,生米煮成了熟饭。

是可忍孰不可忍?股东大会当即通过罢免李稷勋的决

议,并由蒲殿俊拟写了犀利的呈文,痛责盛宣怀,质问邮传部。

由于电报局拒绝拍发,赵尔丰应蒲殿俊等人之请,帮忙代奏。

北京的回应是一道责成赵尔丰惩办争路绅民的上谕,里面还污蔑说请愿活动不过是一些"少年喜事者"和"留东(洋)归国者"借保路之名,图谋颠覆。

一石激起千层浪,震怒的股东代表掀起"四罢"(罢市、罢课、罢工、罢耕)运动,喧哗的成都瞬间万籁俱寂。

戏园的锣鼓声,茶馆的清唱声,饭店的喊堂声,衣铺的叫卖声,全部消失。连路边练摊的也自觉歇业,甚至妓女都写诗鼓励恩客,让他们抗争到底。

赵尔丰急了,再次替蒲殿俊代奏,请求朝廷将路事交资政院讨论。

这本是一个让双方都有台阶下的权宜之计,赵尔丰为此还托内阁协理那桐去求奕劻帮忙转圜,但却毫无效果——奕劻全程冷眼旁观,就等着看载沣翻车,又岂会施以援手?

成都已成火药桶,朝廷却寸步不让,顽固得就像被盛宣怀集体催眠了一样。忧心忡忡的赵尔丰孤注一掷,与成都将军(掌管地方旗兵和绿营的大军区司令)玉昆一道,率一干文武大吏联名参劾盛宣怀,指责他"贻大祸于全川"。

与此同时,四川的府县主官也联衔致电内阁,称:

> 大患燃眉,断非敷衍所可解决。敢求俯顺

舆情,速开阁议,将路款各事交资政院议决施行。

然而,反馈永远都是申饬,端方还落井下石地上奏说赵尔丰"庸懦无能,实达极点",要求朝廷换帅。

清廷一面命端方尽快入川,查办路事,一面令赵尔丰切实弹压,不许姑息。

赵尔丰智穷力竭,坐困愁城。

首先,上面的路走不通。无论他怎么哀求或警告,朝廷的态度都一成不变。

其次,下面的路也走不通。他曾托周善培找罗纶和川商领袖樊孔周商议,由二人出面劝大家先开市。结果不仅没人听他的,"四罢"运动还演变为田赋和捐税亦不缴了。

再次,自己的权力受到严重威胁,因为端方已经启程,带着两千鄂军来川,大有鸠占鹊巢之意。路上,端方丝毫没闲着,一会儿上奏朝廷说"川事是王人文姑息于前,赵尔丰怂恿于后造成的",一会儿又发电报恫吓赵尔丰说"果骈诛数人,市面可以立靖,倘迁延不决,恐阁下将为裕禄之续儿[35]也!"

最后,不仅"四罢"运动向全川蔓延,保路同志会也有被同盟会"魔化"的趋势——据密探回报,同志会开会时,同盟会会员就在现场散发《川人自保商榷书》,鼓吹自治。

再加上素恨川绅与王人文的布政使尹良的挑拨,赵尔

---

35. 指庚子年间,直隶总督裕禄想利用义和团对付八国联军,结果养蛊反噬,失地自杀。

丰坐不住了,一面电告内阁,请示办法,一面调动军队,仔细布防。然后以"看邮传部回电"的名义将蒲殿俊、罗纶、颜楷和张澜等人骗至督署拘押,并派兵查封保路同志会、川汉铁路有限公司以及咨议局的机关报《蜀报》。

可惜,这些反动行径除了升级对抗情绪外,别无他用。

愤怒的民众走出家门,在街头巷尾汇成人流,到总督衙门要人。

鉴于有人提醒"赵屠户要杀人的",很多市民还手持清香,捧着光绪的牌位作防身之用。

当然,不少人是真心怀念,毕竟先帝在时有"庶政公诸舆论"的圣旨,有"铁路准归商办"的承诺,让人说话,也让市场赚钱。

当天午后,游行队伍涌入督院,并不顾警告冲进仪门,来到大堂前,要求放人。赵尔丰的心腹田征葵命卫兵开枪,当场击毙32名手无寸铁的群众,伤者不计其数。

事后统计,死者里有工匠、菜农,有马夫、裁缝,都是些贩夫走卒。而当家属接到通知去领尸体时,官府竟迫使他们承认这些遇难者是"土匪",方才发放40银圆的抚恤金。

惨案发生后,赵尔丰下令关闭城门,全城戒严。

城郊居民有听说凶耗者,冒雨奔赴城下。

守卫问其来意,回答说收尸。

赵尔丰下令开枪,冤魂再添数十人。

由于邮电、交通皆被封锁,成都与外界完全失去联系,但这难不倒同盟会的曹笃。

他的本职工作是周善培安排的——四川通省农业学堂（四川农业大学前身）蚕桑传习所的监督。该学堂在城南有一座农事试验场，离锦江不远。

曹笃当日缒城而出，跑到农事试验场收集了一堆木片，与同伴龙鸣剑等人连夜奋笔疾书：

> 赵尔丰先捕蒲、罗，后剿四川，各地同志速起自救自保！

写好后涂抹桐油，投入锦江。"水电报"顺流而下，血案真相几天之内便传遍蜀中。

各地同志会——揭竿而起，成立保路同志军，向省城开拔。再加上一些地方的哥老会纷纷响应，攻打成都的军队一时间达二十万之众。

赵尔丰调兵镇压，却发现左支右绌，因为义军"散而复合，前去后来，竟成燎原之势"。

9月25日，同盟会的吴玉章和王天杰率众在赵熙与罗文谟的老家荣县宣布独立，建立政权。半个月后，武昌起义爆发，因大批鄂军被派往四川平乱，兵力不足的湖北顺利易帜。

对此，孙中山说：

> 若没有四川保路同志会的起义，武昌革命或者还要迟一年半载的。

022

事败休云贵
家亡莫论亲

*

有人漏夜赶科场
有人辞官归故里
少年不识愁滋味
老来方知行路难

　　锦江，濯过织锦，制过彩笺，从来都是烟柳画桥、水波不兴的清平气象，却在雨骤风急的历史转捩点承载起时代的惊涛骇浪。
　　川人亦如是。
　　平日优哉游哉，玩世不恭，紧要关头却慷慨激越，爆发出惊人的力量。
　　很多年后，当赵熙与弟子把酒话旧时，依然记得赵尔丰被斩首的那个冬日。

那是1911年的12月22日，成都市民从四面八方涌至皇城，一路上交相传说："来看杀赵尔丰的！"

明远楼前，赵尔丰的公审大会在大汉四川军政府都督尹昌衡（1884—1953）的主持下召开。

大汉四川军政府是一个过渡政权，只存续了几个月，是四面楚歌的赵尔丰见天下大乱后在周善培的力劝下交权给蒲殿俊产生的。

尹昌衡是军政府的第二任都督，上任后便扮猪吃虎，以"世晚"的名帖拜见赖在督署不走的赵尔丰，密约互保：革命若成功，尹保赵不死；革命若失败，赵保尹无罪。

博取信任后，尹昌衡说服赵尔丰把部署在督院附近的最后三千巡防营（新军编练后，清廷将旧有的绿营士兵汰弱留强，改编而成的"武警部队"）交军政府指挥，赵尔丰答应了。

之所以轻信，在于浸淫权力幻觉太久，没料到尹昌衡这个比自己小四十岁的前清下级军官（还曾蒙赵尔巽提拔）翻脸比翻书还快，就像盛宣怀迷之自信地以为无论他怎么得陇望蜀，蜀也不敢对抗专制机器。

对此，《过秦论》早有总结：

> 一夫作难而七庙隳，身死人手，为天下笑者，何也？仁义不施而攻守之势异也。

传诵了两千年居然毫不过时，未免可叹可悲。

法场上，尹昌衡朗声道："对这个杀人不眨眼的赵屠户，该怎么办？"

"该杀，该杀"的怒吼此起彼伏，响彻云霄。

于是尹昌衡命陶泽琨行刑。

陶泽琨原是赵尔丰手下管带（营长），被尹昌衡收买后成为攻打总督署、生擒赵屠户的敢死队队长。

赵尔丰故作镇静地坐在老家人为他预备好的红毡子上，打个盘脚，怒目而视尹昌衡，道："尹娃娃，你装老子的桶子了！[36]"

骂声不绝中，但见寒光一闪，赵尔丰身首异处。

陶泽琨捧起赵尔丰的人头，绕场一周后挂在梅花树上示众，围观之人无不拍手称快，整个一"骨朽人间骂未销"。

一个月前，当端方的死讯传来时，赵尔丰犹且兔死狐悲道："要是端四爷直到成都，凡事与我商量，又何至闹到如此下场？"

言下之意即"你不参我，我不会交权（给大汉四川军政府）；我不交权，你不会丢命。"

没承想这么快就轮到了他自己。

端方死于资中，起因是随他入川的鄂军见清廷大势已去，在军中革命党人的策动下起义。

临死前，端方企图利诱士兵，遭到拒绝。

因事发突然，未备大刀，端方又没解衣扣，最后被菜

---

36. 意即中了尹的圈套。

刀连砍数下才气绝身亡，其间连呼"福田救我"。

福田是端方的爱将曾广大。

此番入川，官兵皆由端方点选，交标统（团长）曾广大和协统（旅长）邓承拔率领，二者均为追随他多年的亲信。

因此，端方信心满满道："军官士兵，皆乃旧部，尚能得力。"

结果，曾广大和邓承拔见无法劝阻士兵反戈，连夜逃走，都没给端方报个信。

乱世人命如草芥。

不拿人当人的，也迟早会被开除"人籍"，无论他富甲天下还是权倾一时。

可惜，台上之人总迷信权力，以为暴政可以压制异见，篡改历史，殊不知时间才是唯一的赢家，冷酷的裁判。

意识到这一点，当凛冬降临，无处控诉时，人还可以选择记录或传承。

记录事实，传承文明。

就像桃李芬芳的赵熙。

赵熙弟子众多，随便一个声名不显的庞石帚（四川大学中文系教授）都培养了敦煌学权威项楚和"龙学"（《文心雕龙》）泰斗杨明照，还给绵竹大曲取了个妇孺皆知的名字——剑南春。

同时代的学者里，赵熙最推崇章太炎和曾主持尊经书院（四川历史上最著名的书院，由时任四川学政的张之洞创办，国士辈出）的王闿运，认为他们读书多、用力精，所以成就在常人之上。

为与弟子共勉,当赵熙首次执掌书院时,给书房撰写的对联是"请回俗士驾,笑读古人书"。具体怎么读,赵熙认为要通经治史,沉浸风骚,本源既深,华实自茂。

在他看来,无论治学还是为文,都当以器识为重。所谓器识,即读书的目的不仅局限于应付考试,获取进身之阶,还应有更远大的抱负,更广阔的格局,终生学习,明体达用。

持此理念,赵熙门下谨遵"合德智体而为士,通天地人之谓儒"的教诲,人才济济,其中最优秀者当属江庸(1878—1960)、向楚和周善培(1875—1958),时人称作"赵门三杰"。

江庸是近代著名法学家,毕业于日本早稻田大学,1911年参与"南北议和",随袁世凯的全权代表唐绍仪与南方革命党人谈判,民国时当过北洋政府的司法总长,后又担任国立法政大学校长。

1949年,江庸收到毛泽东的亲笔信,受邀参加政治协商会议,当选第一届全国政协委员。晚年的他还曾接替张元济的上海文史研究馆馆长一职,并在任上去世。

向楚则颇类颜回,敦厚聪敏,安贫乐道,追随赵熙最久,也最受老师喜爱。

在清末,向楚有举人功名,还被赵熙荐为内阁中书(中央办公厅秘书),但却在杨庶堪的影响下加入了同盟会,回渝发展重庆支部,与熊克武、黄复生和曹笃等人宣传革命,是重庆独立的核心推手。

辛亥后,向楚讨袁护法,于1917年成为孙中山的秘书,获赠其亲笔题写的横幅"蔚为儒宗"。

次年，向楚回川任省政府秘书长，并数度代理省长。期间，他与川军团长刘伯承结为忘年交——刘母大寿，向楚为之写寿词；刘父去世，向楚为之撰碑文。

1924年，厌倦了军阀内斗的向楚弃政从教，离职前所余公款几万大洋，分文不差，全部交清。

1931年，在时任省教育厅代厅长向楚的推动下，四川规模最大的三所院校合并为国立四川大学。不久，向楚便调到该校当起了教授和文学院院长。

向楚的治学思想与赵熙一脉相承，强调记性和悟性：

> 记性帮助学，悟性帮助思。只学不思是死读书，学而能思是活读书。对于重要篇章，应熟读成诵。至于精妙绝美的文章或诗词，更应反复朗诵，如同唱歌一样，牢记心中。通过背诵能深入体会到作者的用心，而求其精意微旨。浏览过的书虽然也有印象，但总是记不牢固，容易遗忘，要用时它不来。而熟读成诵的书，则变为自己的东西，用时能召之即来，运用自如。在思考问题时，也容易联想，左右逢源。

博闻强识的向楚力行着自己的理念，被誉为"蜀中活字典"。

1936年，他去重庆编写《巴县志》，仅用两年时间便成书25卷，是学界公认的名志。其间，需要什么资料他就给成都写信,让晚辈到书房去取,具体到某一架、某一层、某一格,从无差错。

成都解放前夕,黄季陆出走台湾,向楚代理校长之职,率领师生竭力护校,将国立四川大学完整地移交给新政权。

新中国成立后,向楚任四川文史研究馆副馆长。中国人民大学校长吴玉章曾力邀他到北京工作,向楚以年事已高婉谢,并推荐了手下馆员谢无量。

023

为政之要
惟在得人

天将降大任于周善培

诗婢家的土壤培育

若论对四川的影响,江庸和向楚加起来也不如周善培。

清末官场,周善培属于罕见的异类。他曾七渡东瀛,考察新政,是第一个冒天下之大不韪剪辫子的在职官员,被不理解他的人嘲讽为"周秃子"。

周善培祖籍浙江,之所以生在成都,盖因其父周渭东宦游来川,任营山知县。

周渭东礼聘赵熙时,对方只是个二十来岁的秀才,初为人师，而周善培已是气走几任塾师的"小魔星"兼"智多星"。

然而几轮交手下来，婞直的赵熙把周善培治得心服口服，像《大宅门》里的白景琦对季宗布一样，言听计从。

不久，周渭东在任上病故，县署里的人欺周善培年幼，称其父欠库银800两，要他偿付。

周善培拒绝，并与家人归寓成都。

家道中落，官债屡催，走投无路的周善培只好自写诉呈，交藩台衙门（省政府）陈情，却迟迟不见批复。

惴惴不安的周善培乃于某日凌晨想方设法进入衙署。

由于熟悉官场礼节，他知道藩台（即布政使）早上要会客，且会在客人告辞时将之送到某一地点，故提前守候。

果然，藩台送完客，转身回室之际，周善培立即上前自报家门。

藩台道："小子到此何干？"

周善培道："晚生有一诉呈，请问大人已否过目？"

藩台怫然道："你这诉呈，是谁家讼棍代你作的？"

周善培道："晚生为父申雪，亲手所作。"

藩台不信道："那你复诵一遍。"

周善培当场背诵全文。

藩台虽惊，但见其年幼，犹有疑惑。乃出一题，命周善培在签押房内写好后呈阅。

周善培旋即入室，挥笔而就。藩台览之，甚为嘉赏，打趣道："世兄，你这欠债，咱为你结清。以后若有困难，可来见我。"

官债就此打消。

由于不爱读死书，周善培先后在成都和北京考过两次乡试，中的都是"副榜"。

副榜指在正榜之外另取若干成绩还不错的，给予"贡生"身份。贡生不是举人，但可进国子监（社科院）读书，参加下届乡试。

换个人心态早就崩了，周善培却不以为意，还风趣地安慰因落榜而卧床不起的盛光柱、盛光伟（篆刻家）兄弟道："我是双料副榜，送你们一个，不要忧气伤身！"

经人介绍，周善培在北京给人当起了家庭教师，月薪25两银子。后又在赵熙的推荐下给两广总督岑春煊当师爷，月俸却骤降为5两银子。

少归少，但他干的是"红笔师爷"，不用写材料，只分派文件和填写日期，用红笔打钩。因此，周善培并不嫌少，但颇感无聊。

一次，督署颁布有关两广教育经费的公示，周善培按数分发给各府、县后尚余一张，即用红笔在上面写了"该打屁股"四个字，揉成一团，扔进纸篓。

讵料被岑春煊发现。

岑春煊生气道："你这小子，有何才干，敢于乱写？"

周善培道："这文稿实在作得不好。"

岑春煊道："既然不好，那你照此原意，另行草拟一份，呈我审阅。如若不佳，定予处分。"

结果岑春煊被周善培的文字折服，立升其为"副总文案"（副秘书长），后又让他当幕僚长。

然而周善培志不在此。

1905年，30岁的周善培进入人生的高光时刻，在川督锡良手下担任警察总局总办（后称"巡警道"），开启披荆斩棘的改革。

警察是袁世凯在直督任上引入中国的新生事物，此前城市治安由"街正"维护。所谓街正，即每街选派一人，负责规范街坊举止，调解轻微纠纷。入夜，街正还要把街道两头的铁栅栏锁上，遇有需要外出的，在说明原因并给小费后，街正可为之开锁。

然而，街正非公职人员，权威不够，更无法应对当城市规模扩大后呈几何级数增长的治理挑战。

比如，晚清的中国都市大多屎尿横飞，人走猪跑，与露天垃圾场没啥区别，用四川传媒界的开山祖师傅崇矩在《成都通览》里的话说就是"秽物堆积，恶气触人""尘埃四塞，霉菌飞扬"。

直到警察的出现，成都的卫生问题才真正得到解决。

首先，填平路边阴沟，严禁家畜上街，修建公共厕所，处罚随地小便；其次，雇佣清道夫清扫街道，要求市民7点前把生活垃圾摆在门口，由清道夫收集到指定地点堆放；最后，井边不许淘米洗衣，污水不准乱倾乱倒。

多管齐下的整顿让市容焕然一新，但周善培的追求不止于此。

在他治下，成都警察不仅要管户籍登记、食品安全、禁烟抓赌、防火缉盗，还公布了如"马车夜间行驶必须系铃""公共场所摆摊要报批，沿街摊位不得超屋檐"等条令，甚至会颁发行医许可证(依考试成绩),规范轿夫的收费(依路途远近)。

工作量虽不小,但周善培舍得给警察发高薪。可这笔额外开支光靠财政拨款又远远不够,怎么办?

周善培立了个"灯油费"的名目。

成都有几千盏路灯,警察每天点灯熄灯辛苦也就罢了,灯油钱你总该出吧?就这样,潜移默化地让市民接受了"享受公共服务需要付费"的观念。

另一方面,为提升警察素质,周善培用制度防腐,用警务学堂筛人,一通操作下来,成都警察的形象都快赶上港剧里的西九龙重案组了,每回举行消防演习都观者如堵,掌声雷动。

也正因如此,保路运动中成都罢市、罢工的时间长达半个月,街头却并无一起暴力事件,秩序井然。

当然,这些细节换个能人也不难想到,但清末警政之所以在四川大获成功,更关键的因素其实是周善培刚柔相济的弹性思维。

比如,他要求警察严格管理,但未经许可不得私闯民宅;比如,行医要有执照,但并不意味着无证郎中就不能给人看病,只是当病家投诉后,警方才会介入。

灵活权变的理念下沉到每个警察身上便有了人性化的社会管理,民国初年《国民公报》上的一则报道即从一个侧面体现了这种模式。

某成都青年骑马撞翻一位贫穷的老妇人,被路人拦下。妇人起身,说她没有受伤,警察确认后还是命肇事的年轻人雇顶轿子送她回家。

妇人说:"我不坐轿,给我200文钱就是。"

警察责备道:"拿200文做甚?坐轿归去可也。"

言毕,说服妇人坐上轿子离开。

024

智珠在握

坚信民胞物与
施政无有不善

　　成都人用"娼、厂、唱、场"总结周善培在蜀中刮起的文明新风。

　　所谓娼,即对所有妓院与暗娼摸底排查后,集中到官方设立的红灯区新化街统一管理,课以花捐。

　　新化街建有岗楼,警察巡逻放哨,防止地痞流氓滋事,禁止妓女异地接客或门外拉客。

　　有好事者想刁难周善培,请其为岗楼题词,大约觉得他无论怎么写都难以自圆其说。谁知周善培大笔一挥，写下"觉我良民"四个字，并让人制成横匾，悬于楼口。

红灯区并非完全开放，学生、士兵和年轻人就不许入内，违者治罪。由于成为"坐商"后，妓女全部登记造册，居所的门框上都钉有官府派人制作的"监视户"木牌，故查起人来易如反掌。

此前，妓女被唤作"婊子""找家"或"舍屋"，官府赐名"监视户"后迅速普及，以至于小孩斗嘴时男孩也会一知半解地骂女孩道："不听话，长大送你去当监视户！"

对青楼花魁来说，挂不挂"监视户"的牌子区别不大，但对暗娼而言，这会让她出尽家丑，无以为继。

所以，一些衔恨之人偷偷跑到周善培家，在其院门外钉上"总监视户"的牌子，以示报复。

但这丝毫无法动摇他整饬娼界的决心。

其实，对干不下去或愿意从良的妓女，周善培是给了出路的，即到官办纱厂做工。因此，那些挟私报复之人，不是好吃懒做就是想走捷径，根本不值得同情。

除了纱厂，周善培1907年履新劝工局总办（工业厅厅长）后还办过矿厂、造纸厂和自来水厂，但这些都不是"娼、厂、唱、场"里"厂"的主要所指。

清末成都，另一大顽疾是乞丐。

乞丐不都是游手好闲者，也有不少病残、年老或落难的可怜人，故民间针对乞讨有许多"不成文的规定"，闪耀着人性的光辉。

比如，乞丐可以在每月的第二天和第二十六天向商家要钱,店主一般不会拒绝,把它当捐税一样履行,积德行善。

再比如,西方人曾记录下成都街头的一种奇观,即乞丐混入行进的队伍里,给县令或省府要员的随从扛旗,挣些零钱。胆小一点的则瞄准婚丧典礼,穿红戴绿或披麻戴孝地走在队首,事主不仅不驱赶,还会赏他们些饭食。

然而,乞丐并不都是心平气和的,敲诈、盗窃和抢劫的恶丐大有人在。当他们啸聚成帮后,不仅有损市貌,还会滋生各种各样的社会问题。

如有的恶丐会故意到养狗人家的门口寻衅,等狗跑出来时把身上的疥疮抓出血,再指责主人纵狗咬伤了他,勒索钱财。若对方不肯给钱,他们就会躺在地上装死。等乞头和街正被请来调停时,一般人惧怕麻烦,多半选择掏钱了事。

在此背景下,周善培办起了乞丐工厂,专门收容吃了上顿没下顿的流浪汉。

入厂后,这些人会被传授织布、做鞋、砌墙、铺路等技能,强制干活。三个月后,工厂在计算劳动总收入并扣除吃穿用度后,将剩余的钱返还,让他们出去自谋生路。

乞丐工厂既帮无业游民自食其力,又为警察提供廉价而稳定的劳动力,还改善了城市形象,维护了社会治安,可谓一石三鸟。因此,除了那些宁可饥一顿饱一顿也不愿失去任何自由的嬉皮士,没有人不欢迎这一善政。

1909年,电影在傅崇矩的推动下已传入成都,一座茶园型的剧场在华兴街落成,这就是刘师亮笔下"悦来茶园亦戏园,紧锣密鼓闹翻天。喝茶看戏嗑瓜子,个个都是小神仙"的悦来茶园。

"悦来"高大轩敞，富丽堂皇，丝竹管弦终日绕梁。

它首开风气之先，允许女客入内，只是入口分男女两处，座席也分一楼的堂厢和二楼的楼厢。

堂厢是男宾的座位，茶桌三面包围戏台，分左池、右池和票价稍贵的前池；楼厢是女宾的座位，连成"凹"字形，挂有竹帘。

作为民国成都的文化娱乐中心，悦来茶园今已荡然无存，原址上是古朴宁静的锦江剧场，连一街之隔的王府井百货都告别了昔日的繁盛。

但若穿越回一百年前，你会发现八大戏班在悦来合并为"三庆会"，烈火烹油，歌舞不休。

演出开始了，茶园里依旧人声鼎沸。

卖零食的少年胸前挂个木匣，四处兜售烟糖和干果。热气腾腾的脸帕一场戏里要散三到四回，如果你不想要或坐得远，服务员会高声道："悦来的帕子，人人都有的！"

然后一张白帕便旋转着飞来，准确无误地落到你脸上。等戏演完时，再挨个收小费。

夏天闷热，也不用愁，因为悦来有八排"人拉风扇"——木板固定若干蒲扇，通过滑轮人力驱动，徐徐送风。

悦来茶园属于悦来公司，该司旗下还有悦来旅店（提供西餐，浴室通热水）与悦来电灯厂，是四川工商界的领军人物樊孔周在周善培的支持下创设的官商合办企业。

樊孔周思想进步，靠卖书起家，出版过的书里不仅有《天演论》和《民约论》等汉译西方名著，还有《扬州十日记》

与《嘉定屠城记》这样的"禁书"。

对周善培来说,新式戏园只是"唱"字计划的硬件部分,更重要的软件构成则是改良戏曲。

清代之前,川中尚无成体系的川剧。清初湖广填四川后,各省移民带来不同剧种,在长期的融合中形成独具特色的川戏。

看戏对观众来说是为了排忧解闷或陶冶情操,但从政治家的视角去看,戏曲在当时完全可以承担移风易俗和启迪民智的重任。

面对戏文不佳,淫戏、凶戏屡禁不止的局面,周善培快刀斩乱麻,组织文人改戏,打造了包括《情探》在内的一批川剧经典,捧红了康子林、贾培之和周企何等一批梨园大家,使川戏雅俗共赏,走向全国,直至登上世界舞台。

025
———

振翅高飞

*

聚财有度
生财有道
用财有方

周善培的力推让川省工商业大开生面,股份公司比比皆是。

与此同时,周善培还亲自勘测水道,创立官商合办的川江轮船公司;普建农事试验场,改良农业,尤其对蚕业用心最多。在其推动下,截至 1911 年,川蚕收茧达 1.1 亿多斤,丝厂也发展到 30 余家。

对成都市民来说,商业场街才是周善培最显著的政绩。

商业场街俗称"商业场",北接华兴街,南通总府街,与后来的春熙路隔街(总府街)相望,由股份制的成都建筑有限公司(樊孔周牵头集股)承建,1909年投入使用,栋宇堂皇,商肆罗列,是清末全国三大综合性商贸娱乐中心之一(另外两处在天津与汉口)。

开业典礼上,周善培发表演讲,说中国"自古重农不重商,认为农者生活之本源,商者无聊之末路",以致"国贫民瘠"。而近观东洋之所以振兴,皆发展工商所致,故建劝业场(商业场初名)就是为了促进工商,裕国裕民。

难能可贵的是,商业场招商并不局限于"菜根香"(餐厅)和"宜春楼"(茶馆)等成都字号,对他省的"敬益增"(京货局)、"久成元"(绸缎庄)等商号也热烈欢迎,开放包容,用周善培的话说便是"工商业必须尚竞争,与外省竞、外国竞,有竞争才有进步"。

结果,开放的翌年,场中外货与洋货的销售额就已超过本土商品,劝业场也更名为名实相副的商业场,入驻百货、餐饮、茶园、客栈、书画、玉器、粮果和烟酒等店铺150多家,可吃、可喝、可购、可观、可住、可玩,以至于无论巴金的《激流》三部曲还是李劼人的《大波》三部曲,只要描写清末民初的成都风情,商业场都是绕不过去的场景。

每当夜幕降临,商业场南口那座有周善培题字的巴洛克式拱门(其上建有成都第一座钟楼)前总是人潮汹涌。对面的茶楼,午后4点便已订满,人群中不乏千里迢迢赶来的乡下人。他们是来看西洋景的——悦来电灯厂在商业场的南北入口各悬一圆形大电球,每天黄昏,电球点亮的瞬间,现场总是欢声雷动,宛如庆典。

与电球一同被点亮的还有成都的商业文明。

此前,商店有很多恶习,店主不仅歧视农民,对顾客爱答不理,遇到讨价还价的还会口出恶言。

但自从周善培就任劝业道后,一系列事无巨细的规定落地执行,要求店主起身迎客,竭诚待客,允许讲价,清验存货。如有谩骂顾客或违背职业道德的情节,官府还将给予警告,甚至强制关门。

久而久之,越来越多的店家懂得了一个浅显的道理:善待顾客,即使此单未成,其人亦可能改日再访。而一旦口碑传开,何愁客源不广?

互信建立起来后,商业场的店面开始进入"明码实价,童叟无欺"的良性循环。买家不再浪费时间砍价,卖家也乐得薄利多销。

和"唱"一样,周善培的"场"字诀也是一体两面。除了一炮打响的商业场,还有已经举办了四届的劝业会。

成都人素有爱花之风雅,而农历二月十五既是花朝节(百花的生日),也是老子的诞辰,两件事合到一起,便成为一年一度的迎春仪式:去道教圣地青羊宫赶花会。

是日也,游人如鲫,挥汗成雨,人们兴高采烈地前往青羊宫至浣花溪一带踏青赏花,启发了急欲繁荣工商的周善培。

在政府的组织下,看花买花的花会变成了全省的商品展销会。

1906年,首届劝业会(时称"商业劝工会")即展出来自蜀中各地的货品3400多种。从自贡的龚扇到永川的豆豉,一个接一个的特产从劝业会起步,走向全国。

一家名叫"味虞轩"的点心铺生产的桃片在劝业会上获了奖,周善培动员它入驻商业场。然而,反对者认为它只是新繁县(今属成都市新都区)的一家小铺面,档次不够。

周善培不为所动,支持"味虞轩"在商业场租下一间小门面,还特意拨给快马一匹,每天从新繁运来新鲜出炉的桃片。

得奖不是目的,产品才是核心。

望江楼有一个挑担卖水饺的小贩,从未参加过劝业会,但其水饺馅满味鲜,深受食客喜爱。周善培发现后,邀请其迁入商业场,还为之取名"江楼水饺"。

从这个角度看,周善培是自由市场经济的拥趸,千方百计地"放活微观"。然而,他并没有把"交给市场"当成政府不作为的借口,对触及底线的行为,无论其人是谁,该当何罪就治何罪。

比如,周善培曾在老南门到青羊宫之间修建成都第一条马路。竣工后,他专门从上海购回马车两辆,供参加劝业会的游人搭乘。

作为最早的观光车,周善培欢迎三教九流的人都乘坐,除了娼妓。

可赵尔丰的次子偏要挑战禁令,带着盛装打扮的名妓"海龙"一同登车,招摇过市,结果被警察拦下,勒令下车。

赵子颜面尽失,在其父面前搬弄是非。

事实上，周善培同赵尔丰的扞格远不止于此。

赵尔丰的"大班"（轿夫）曾仗势欺人，打伤他人，被周善培侦缉后罚以"枷号三日，当街示众"；赵尔丰手下的两名哨官（连长）也曾在酒后大闹警察所（派出所），破坏公物，恰被便衣出巡的周善培撞见，处以"四十大板，枷号三日"。

两件事赵尔丰都曾写信求情，周善培的回应是前者从宽而后者坚不松口，理由也很充分：第一件事发生时赵尔丰是客官，来成都出差；第二件事发生时，赵尔丰已是四川总督，理应表率群伦。

赵尔丰无话可说，对周善培的态度自此既用又防。

1911年11月，清廷大厦将倾的态势已显而易见，周善培劝赵尔丰主动退位，以求川人谅解，从而自免，得赵应允。

机不可失，周善培立邀徐炯、邵从恩（后均名列"五老七贤"）等省城贤达开会，说："我已向赵大人说明，你们今晚八时，前往总督府请求赵俯顺民情，交出省政，退居雅安，条件是赵带兵四营，四川每年供应军饷纹银120万两，你们一说便肯的。"

徐炯等人闻言，竟吓得面无人色，不敢前去，气得周善培摇头道："书生，书生，如此无用也。"

晚上九点，赵尔丰给周善培打电话，说时间已过，为何不见人来？

周善培只好道："我想与其由士绅恳请，不如大人恩出自上。"

于是赵尔丰约集四川的头面人物制定协议，和平交权。

民国后，周善培逐渐淡出政治舞台，潜心治学。1948年，他的弟子李济深（国民党左派，因反蒋被开除党籍）登门请教，说："国民党已被蒋介石搞得一塌糊涂，怨声载道。要挽救中国，振兴中华，只有实行共产党的方针政策。我已约友人[37]在香港组成国民党革命委员会，共同反对蒋介石。孝老[38]有何高见？请指教。"

周善培风趣道："你说公婆好，丈夫又贤惠。但你连印花铺盖都没有带一床，有何面目去见翁姑？"

暗示李济深立功表现一番。

于是李济深在上海策反了一艘军舰，起义北上……

新中国成立后，毛泽东非常尊敬周善培，不仅把他接进中南海长谈，还想请他和向楚筹建一个顾问机构"诠释馆"。奈何向楚年迈，不愿赴京，只好作罢。

为使周善培发挥余热，毛泽东又让他接替卢作孚任民生公司董事长。

后来，在考察成都期间游览杜甫草堂时，毛泽东得知影壁上青花镶嵌的"草堂"二字出自周善培之手，还特意与之合影留念。

对周善培来说，此生最大的遗憾就是与老师民国初年一别后，竟三十多年未曾一见。

---

37. 指蔡廷锴、何香凝。
38. 周善培字孝怀。

赵熙80大寿时,周善培撰写了《香宋吾师八十寿序》,以为师父的身子骨还硬朗。谁料来年秋天,赵熙一日晨起,不慎摔倒,全身作痛,送到城里就医后没几天便转成肺炎,不治身亡。

若非意外,生活规律的赵熙有望活到鲐背之年。

他每日鸡鸣而起,挑灯展卷,黎明即用早餐,爱吃豆花与猪肠,但绝不过食。

五十岁后,赵熙能挺立悬腕作字四小时,中间不进烟茶;六十岁后,曾一日之内完成七十二幅扇面,或书画并作,或缀以小诗。

因此,周善培只知道赵熙眼睛不好,却没想到那么快便天人永隔。

追悔莫及的他其后不久便邀向楚与郭沫若等人集资,编辑出版了赵熙的诗集。

026

荒蛮故事

*

杨森沐猴而冠

新旧交替的时代,经济建设是割据一方的军阀也会留意的事。

唯一的区别在于建设的目的是人还是物,是"将心注入"还是"面子工程"。

若论破旧立新的强度,周善培还不如后来督川的北洋军阀杨森。他搞的利民自来水公司甚至被人戏称为"人挑自来水",因为要从老南门的万里桥下(锦江)引水,用管道输入至市内的六处蓄水池,再靠人力挑水或板车拉水,走街串巷出售。

但这又有何妨?发展是为了活生生的人而不是空洞的概念或数字,只有对个体的权利发自内心地尊重,才能找到社会进步的正确方向,正如严复在《宪法大义》中所写的那样:

> 制无美恶,期于适时。变无迟速,要在当可。

而如果本末倒置,发心不纯,就会像杨森一样,把改革演成闹剧。

杨森的执政口号是"建设新四川"。为了大干快上,他强拆棚户区;为了加宽路面,他强迫沿街店肆向后腾挪。由于不给补偿,激起骂声一片。

"五老七贤"出面斡旋,杨森断然拒绝,还放狠话说:

> 我拆一点房边屋角,你们就大惊小怪,说老百姓不愿意。如果我进成都时,把四城门关上,放一把火烧个精光,倒还省了不少麻烦。

暴力拆迁拆出了商业场南面的春熙路,但也让不少穷人无家可归。对此,刘师亮语带双关地撰联表达怒火:

> 马路已捶成,问督理,何时才滚?
> 民房已拆尽,愿将军,早日开车。

上联的"滚"既指用石滚压路,又暗含"滚蛋"之意;下联的"开车"看似在说"通车",其实四川方言里的意思是"转身离去"。

除了"砸烂旧世界",杨森还不忘用金融手段收割韭菜。

自从成都造币厂被他接管,一元的主币(大洋)便暗中停铸,五角的辅币则越铸越多,含银量也从九成降为七成。

仅靠银色差别,杨森便攫取财富六十余万元。

搞完经济基础,又开始搞上层建筑,刷有"杨森说"标语的木牌钉满了电线杆与行道树:

  禁止妇女缠脚!
  穿短衣服节省布匹,又有尚武精神!
  打牌壮人会打死,打球、打猎弱人会打壮!
  应该勤剪指甲,蓄指甲既不卫生,又是懒惰!
  夏天在茶馆、酒肆、大街上及公共场所打赤膊是不文明的行为!

内容都没错,但杨森的问题在于只用条条框框约束别人,自己却是个人格分裂的土皇帝。

表面看,他非常洋派,穿西装、吃西餐、打网球,跟洋人交往,配有英文秘书,连签名都是洋气的缩写"YS"。

但他骨子里其实封建到了极点,不仅妻妾成群,还把她们当牲口。

作为杨森的小老婆,非但不能请客、打牌、抽烟、酗酒,连看戏和观影的自由都没有。并且,稍不如意,即遭家暴,年长色衰,便被"打入冷宫"。

有两个姨太太因为出轨被他派人打死,还有一个姨太太则直接被他吓疯。

杨森毫不在意,振振有词地总结出一套"新派"理论:

> 我是一个爱前进的人,我也要找一个爱前进的伴侣。所以,随着时代的前进,我的伴侣有小脚的,有半大脚的,还有大脚的;论文化水准,有不识字的,有小学生、中学生、大学生。这样,时代前进,我前进,我的伴侣也前进!

虽说荒诞,但在那个礼崩乐坏的时代,杨森估计觉得已经足够开明,面对其他防区对自己"好大喜功"的指责,反唇相讥他们"自私自利,不事建设"。

建设的确没错,就像互联网巨头热衷改变世界。只是他们忽略了一点,即芸芸众生关心的并不是改变,而是能带来幸福的改变,因为没有人想生活在"高科技,低生活"的"赛博未来"里。

1925年,杨森发动的"统一之战"失败,黯然离蓉,刘文辉的24军、邓锡侯的28军和田颂尧的29军进驻成都,划分各自的势力范围。

刘文辉与邓锡侯交恶的"毗河之战"爆发的头一天,24军和28军的几个旅长还在成都的一家银号赌牌、吃酒、烧鸦片,其乐融融,结果第二天就回到各自的防区开枪放炮。

类似的儿戏在那场毁了正兴园的成都兵变中早就预演过。

1911年12月8日，大汉四川军政府成立10天后，已经反正的旧军队在东较场接受蒲殿俊检阅时突然哗变。

军政府的都督是蒲殿俊，副都督是朱庆澜。蒲殿俊在军中毫无根基，朱庆澜则是清末四川新军的一把手，且倾向改良。

问题是朱庆澜来自外省，和平时期跨省为官倒也罢了，可现在四川已经独立，以尹昌衡为首的川籍军官就有了另立山头的冲动。

而另一支地方武装则是前清时的巡防营，士兵多为清廷编练新军后裁汰下来的绿营兵勇，由于不曾被同盟会渗透，抱残守缺者俯拾皆是。

巡防营官兵在贼心不死的赵尔丰的暗中挑唆下，要求蒲殿俊补发欠饷，并发三个月的恩饷。蒲殿俊以库银尚未清点，不便动用为由搪塞。

不发钱也就罢了，可蒲殿俊还不顾罗纶的劝阻，作死阅兵，结果酿成暴乱。

一万多哗兵以"启发"（语出《论语》之"不愤不启，不悱不发"）为口令，烧杀抢掠，把东大街和商业场洗劫一空，以至于"打启发"后来成为四川话里"抢劫"的同义词。

兵变后，数百万两库银为之一空，敉平动乱的军政府军政部长尹昌衡顺势取代仓皇逃跑的蒲殿俊担任都督。

这个并不美好的开场好像一句谶言，预示了未来的兵祸。

且不论流血漂橹的战争,便是横行无忌的兵痞,已令市民不堪其扰。

一个裁缝路过皇城大门,出于好奇往里看了几眼,立马被驻军的卫兵诬为密探,五花大绑;一名男子端了碗油漆从北门进城,守城士兵指控他走私鸦片。那人力图辩解,结果被士兵用碗砸得头破血流。

当社会失序时,连警察都自身难保。比如,当一群"丘八"把一个值勤警察殴打致死时,竟张狂地叫嚣:"送你去西天站岗。"

强权即真理的时代,士兵们连神仙都不怕,公然睡在青羊宫的大殿里,还在祭坛上烧饭、廊柱上晒衣。而羡慕特权的人们则纷纷抢购"军装",领帽、徽章一时间成为紧俏商品,以至于军队不得不出台禁令严刹此风。

然而,另一股力量始终在与混乱和粗鄙对抗,那就是以"五老七贤"为代表的人文主义。

027

白衣胜雪
才冠三梁

*

狂狷的颜楷

1948年，赵熙逝世时刘咸荥曾书挽联：

五老中还剩二人，悲君又去。
九泉下若逢三子，说我就来。

次年，刘咸荥去世，兑现了"就来"的诺言。
刘咸荥字豫波，曾替流沙河的叔叔和婶婶证婚。

流沙河的婶婶晚年回忆说，刘咸荥当时年已七十，布鞋白袜，短小精干，"普普通通一个老先生，（被）请去给人证婚，一天三起。"

在诗婢家起步阶段助力甚多的"五老七贤"其实是个泛称，并无固定名单，但无论怎么罗列，总是有赵熙和刘咸荥，而刘咸荥也一定是其中享年最久的（92岁）。

与之相对，享年最短的是颜楷（50岁），"辛亥秋保路死事纪念碑"南面的十个大字即出自其手。

华阳人颜楷出身官宦世家，曾祖官至湖北提督（省军区司令），祖父和父亲也都当过知县。

颜楷少有文名，拜王闿运为师，深受其喜爱。1904年，他高中进士，后又公派日本留学，入东京帝国大学攻读法政，学成归国后授翰林院侍讲，旋即被广西巡抚张鸣岐借调，赴桂襄办新政。

在广西，颜楷与四川老乡骆成骧（1865—1926）意气相投。

骆成骧是"五老七贤"里的另一位，但他并不喜欢这个称号，晚年常自嘲"五个老不死，七个讨人嫌"。

他是尊经书院的高才生，有清一代四川唯一的状元。戊戌变法时，他跟杨锐过从甚密，在"六君子"殉难后替杨锐老家绵竹的杨公祠写下名联：

大节壮人寰，谁谓君子道消，小人道长？
两行垂老泪，我伤梁木其坏，泰山其颓。

后来，当清贫自守的骆成骧去世时，颜楷又给他写了副挽联：

> 合志同方，营道同术，平生风义兼师友；
> 富贵不淫，威武不屈，潇洒人间一丈夫。

颜楷在桂林除了与时任广西提学使（即此前的"学政"，省教育厅厅长）的骆成骧交好，还结识了刚从日本士官学校毕业回国的尹昌衡。

尹昌衡在军中服役，慕颜楷之名，拜其为师。

1911年，颜楷回成都举行续弦婚礼，卷入保路运动。

表面看，颜楷只是个弱不禁风的恂恂儒者，但他京官的身份其实非常适合争路，何况颜父跟前任川督锡良与现任川督赵尔丰的交情都不浅。

赵尔丰到任后，颜楷前往督院拜会。

时值盛夏，酷热难当，颜楷为表尊重，按父亲的建议身穿官服，胸悬念珠，以"世愚侄"帖求见。

当时罗纶和张澜已先在署中，正与赵尔丰争辩，坚称借款合同未经资政院审议表决，属于违宪。

这时，司仪呈上颜楷名帖，赵尔丰命其将之引入候客厅。罗纶与张澜交换眼神后称三人同为路事而来，何妨同见？

赵尔丰应允，颜楷乃入谒。

当天，赵尔丰因天热只穿了件敞衫，且未按官场礼节"升珠""免褂"和"请扇"，只顾与罗、张争论。

颜楷热不能耐，如坐针毡，竟呼仆人去珠脱褂，还要了把扇子猛扇，连称"天热"。

赵尔丰已然不爽，没想到颜楷还插言道："铁路是先皇批准商办，现收归国有，借债筑路，都不经合法程序，是违商律，夺商办。事关全川股东利益，不能不争……"

颜楷说完后，罗、张二人继续舌战赵尔丰。空气里的火药味越来越浓，颜楷最后愤然道："血是人所流，四川人岂不能流血耶！"

事后，余怒未消的赵尔丰逢人便说："颜太史（翰林别称）究竟年少，采臣（王人文）谓为和平，不知其何所见而云然也。"

布政使尹良趁机进谗，给颜楷贴了个"少年喜事"的标签，并以此电京谮之，后来的上谕便顺水推舟把争路的川人统称为"少年喜事之人"。

不久，颜楷当选川汉铁路有限公司特别股东大会会长，与赵尔丰的摩擦愈频，还大声疾呼道："筑路系国家安危，积资为川人血汗，不能不拼死力争！"

赵尔丰恨之入骨，但因颜楷非其僚属，亦无可奈何。

9月7日，赵尔丰以"看邮传部回电"之名将蒲殿俊、罗纶、张澜和颜楷等九位保路领袖骗至督署，打算就地正法。

兹事体大，他必须征得成都将军玉昆的同意，事后也要与之联衔上奏。

然而玉昆并不同意，说："颜楷乃当朝翰林侍讲，未经部令褫革，日后将罹擅诛近臣之罪，必须先行请旨。"

玉昆出身庆王府包衣（奴才），乃内阁总理奕劻在四川的眼线。

奕劻跟载沣不对付，就等着看他和盛宣怀的笑话。赵尔丰如果不管不顾地杀了蒲殿俊等人，酿出什么难以收拾的后果，朝中没人会保他。

于是九人被拘押，请愿群众到督院要人时发生喋血事件。

虽然32个百姓当场殒命，但剩下的人居然不散，一直冒雨坚持到半夜12点。赵尔丰黔驴技穷，将九人请出，使民众相信他们完好无损。

然而，在场之人均不识蒲殿俊等人，无从证明，幸好颜楷的一个远房亲戚认出了他。

颜楷既验明正身，又依次指认其余八者，众人方才散去。

两个月后，迫于汹涌澎湃的革命形势，赵尔丰分两批释放了九人，颜楷和蒲殿俊、罗纶属于第二批。

出狱当天，颜楷的父亲与岳父邀约了一些亲友，备好轿马鞭炮，候在署外。

没想到其他几家声势也不小，呼呼啦啦竟来了100多人，车马喧哗。

赵尔丰闻讯，感觉很没面子，立即决定暂不放人。

家属们扫兴而归。

当晚，周善培托人告诉颜父，让他翌日再去，但不可张扬，以免赵尔丰下不来台。

于是按周善培的嘱咐，颜楷总算重获自由。

照理说，颜楷应该很恨赵尔丰，但在赵尔丰被军政府斩首后很多人要求杀其全家以泄民愤时，颜楷却坚决反对殃及无辜，还将其年幼的孙子养在家中数年，后送回原籍。

民国年间，颜楷以鬻字为生，求书者不绝。

一次，有幅直径逾三尺的摩崖大字找到他写，可现实中哪有这样的如椽大笔？

颜楷想了一招：把纸铺在地上，撮米粒顺笔势摆成字体，再就米粒边沿勾勒纸上。

由于同在王闿运门墙，颜楷很早就认识治印精绝的齐白石，还藏有他替自己刻的三方石印。1936 年，齐白石羁旅成都，走访旧日同门，闻楷已作古九载，不胜伤感。

028

梁木不坏
哲人不萎

＊

林思进再造石室
宋育仁传播新知

除了颜楷和骆成襄，"五老七贤"里的代表人物还有林思进（1874—1953）与宋育仁（1857—1931）。

林思进字山腴，是成都客家人，祖籍福建，师从贲园主人严谷孙之父严雁峰。

1904年，林思进中举的次年，考察日本归国的他经考试授官内阁中书，与同在北京的赵熙打得火热，后告假返乡，绝意仕途。

武昌起义后，蒲殿俊等故交纷纷邀林思进出山，给的都是肥差，可他一概敬谢不敏，偏偏自告奋勇地要当省立图书馆馆长（四川第一座公共图书馆，位于少城公园内）。

"省图"的前身是清末的"官书局"，林思进自视事之日起便闭馆谢客，一年多都不开放，把阅读爱好者给气的，报纸上也讽刺说："不是图书馆，乃潇湘馆；不是林山腴，乃林黛玉。不然，何以门掩重关，孤芳自赏？"

林思进一言不发，又过了一年省图忽然开馆，众人这才发现原本人浮于事的官书局不仅精兵简政，还汗牛充栋起来。同时，旧书均已修补，馆藏分类编目，善本、孤本、钞本乃至洋文书报全覆盖，主要职能也从保存图籍转变为公众借阅。

在任七年间，林思进废寝忘食，连图书馆的80株松树都是他亲率馆员手植，故号"八十松馆"。

其实，林思进的专长在写诗，是与赵熙齐名的蜀中两大家，被清末诗坛泰斗陈三立（陈寅恪之父）拿来跟高适和谢灵运相比。

1944年初，来蓉的陈寅恪右眼已经失明，在友人陪同下专程拜访林思进，以晚辈身份行跪拜大礼并亲书一联相赠：

<blockquote>天下文章莫大乎是，一时贤士皆与之游。</blockquote>

与此同时，昔日的清华国学院主任吴宓也两度谒访。其时，林思进已以"长衫马褂，手托水烟"的形象在

华西大学执教二十载,还毫无"偶像包袱"地到石室中学兼课,诲人不倦。

事实上,早在1918年林思进就曾执掌华阳中学,令之人才辈出,声望日隆。

然而,当杨森督蜀后,林思进不顾学子挽留,执意辞职。

原来,杨森身边环绕着一帮西装革履的浮薄小人,男的手持文明棍,女的浓妆而做作,民间号为"香水屏风"。

"香水"们往往先钻营得一不支薪水的督署秘书,再伺机外放校长或县长。林思进耻于同他们为伍,哪怕学生以罢课请愿苦留,亦坚决去职。

新中国成立后,林思进出任四川文史研究馆副馆长。述而不作的他常对学生说:"多读书,少发表;先读书,后发表。一辈子读书,终身不发表,无碍;最怕老来不读书,喜欢发表。不是发表,乃是发疯!"

为论证自己的观点,林思进还拿宋育仁开涮,说他早年的作品犹可,晚年的撰述就是"谵语"(胡话)。

宋育仁的老家富顺紧邻荣县(今均属自贡市),宋育仁同赵熙早在戊戌变法前便已订交,民国时期两人还与林思进在成都组织过"丁巳词社"。

作为四川第一个睁眼看世界之人,哪怕在英才辈出的尊经书院,宋育仁也光彩夺目,跟杨锐一道被王闿运目为当世之宋玉、扬雄。

宋育仁主治经学,康有为的成名作《新学伪经考》和《孔子改制考》即发轫于他和同门廖平的观点。

由于学养深厚,士林推重,连帝师翁同龢都想延揽宋育仁，鼓励他进京会试。

1886年，宋育仁中进士，入翰林，翌年写出宣扬变法的名作《时务论》。同时，他追随翁同龢成为"帝党"的重要成员，跟改良派人士黄遵宪等交往频繁。

1894年，清廷任命宋育仁为出使英、法、意、比四国公使的参赞（即副使）。借游历考察之机，他结纳名流，周咨广询，还刻意搜集书籍报刊，在对西欧各国的政治制度、经济文化和风俗习惯熟稔于心后写成《泰西各国采风记》，轰动全国。

甲午战争期间，宋育仁代理公使一职。闻败之余，心有不甘的他计划把英国卖给智利、阿根廷两国的五艘军舰和十艘鱼雷快艇转买过来，再在澳大利亚招募水兵两千，伪装成澳国商团，经菲律宾奇袭日本长崎。

为此，他一面电告张之洞、刘坤一等主战派的股肱重臣，获取支持，一面打着总理衙门（晚清的外交部）的旗号找外国银行借款，购买炮弹和运输船。

眼看万事俱备，《马关条约》签订的消息传来，"抚膺私泣，望洋而叹"的宋育仁也因事泄而被解职回国。

在甲午之败的刺激下，改良运动狂飙突进，宋育仁参加了康、梁发起的强学会，上疏要求清廷废科举、兴学校、变财政，不久便被派回四川协助总督鹿传霖办新政。

在此期间，四川的新式学堂和工商企业如雨后春笋般纷纷露头，蜀中第一报《渝报》也创刊发行。

1898年，戊戌变法如火如荼，宋育仁应廖平之邀离渝赴蓉，主持尊经书院。

他一边与杨锐函电往来，提供建议，一边仿照强学会的模式成立蜀学会，创办《蜀学报》，还出版了亚当·斯密的《国富论》和孟德斯鸠的《论法的精神》，被时人称作"新学巨子"。

变法失败后，宋育仁遭罢，蛰居北京。

其间，他当过一段时间的湖北土药局总办（省烟草专卖局局长），却因厌恶权贵而很快落职。

原来，时任湖北巡抚的端方仰慕宋育仁的文名，在其谒见时纡尊降贵，一口一个"先生"，请他替自己将要过寿的老母亲撰拟一篇祝文。

宋育仁归而不理，至寿宴将开之际，端方派人上门催求，才以端方之母无可称述而谢绝。

于是，被穿小鞋的他丢官回京。

民国初年，宋育仁应王闿运之邀入职国史馆，旋即代理馆长。袁世凯称帝前曾许以高官，希望他参与"劝进"，结果被宋育仁骂作王莽。

袁世凯遂以"危害民国"罪命人将宋育仁押回原籍"编管"（交地方官管束）。

晚年的宋育仁致力于两件事，一是应廖平之请主讲四川国学院（即谢无量在清末执掌的存古学堂，后并入国立四川大学），并继任为校长；二是在今三圣乡修建居所"东山草堂"，应官方之邀重修《四川通志》。

上一版通志编纂于嘉庆年间，已过去一百多年。而宋育仁的这版，初稿完成于1931年。

不久，宋育仁病逝。一年后，一个刚被中央大学聘为教授的青年画家，其作品在法国参展，并被办展的博物馆收藏。

他就是张大千。

029

乡愁

*

离开的张大千与
留下的齐白石

张大千生前最后一幅字是替董建华的父亲董浩云写的。

董浩云是与包玉刚齐名的"世界七大船王"之一,逝世于 1982 年。

董家在香港浅水湾的别墅设了间"浩云堂"以资悼念,堂名和"董浩云先生之墓"即托张大千题写。

张大千跟董浩云相交已久,为他画过《峨眉三顶》。董浩云则了却了张大千的夙愿,帮他把"梅丘"从美国运

↑ 张大千《新梅》，
诗婢家收藏

回台北。

"梅丘"是一块五吨多重的巨石，上下皆锐，形似台湾地图，乃张大千旅居加州时在海滩上发现的。

取名"梅丘"，寓意"狐死首丘"。考虑到自己百病缠身，张大千彼时已有客死异国之忧，故作诗"独自成千古，悠然寄一丘"，打算死后埋骨于此石之下。

雇起重机将其运回洛杉矶附近的宅子"环荜庵"已然耗资不菲，回台北后若非董浩云襄助，跟米芾一样有"石癖"的张大千断难与远隔重洋的"梅丘"重逢。

当然你会问，反正都叶落归根了，不要"梅丘"又有何妨？

有妨。

张大千是四川人,却只能回到台湾,归根得不彻底。

由于举家迁台是在1978年夏,中共十一届三中全会尚未召开,在外漂泊近三十年的张大千只能先回轻车熟路的台湾,再做定夺。

然而,仅仅半年后,全国人大便发布《告台湾同胞书》,全国政协也热烈欢迎台湾各界人士到大陆参访。

1980年,中国美术家协会的机关刊物《美术》发表中国美协副主席叶浅予的文章,称:"大千的艺术生命是祖国大地孕育出来的,他的艺术成就,值得祖国人民为之骄傲。"

1982年,《人民日报》刊登了收藏家张伯驹去世的消息以及其遗作《病居医院怀大千兄》。

同年,四川、甘肃和宁夏三家电视台成立联合摄制组,拍摄纪录片《国画大师张大千》。内江市人民政府也拨款重建张大千故居,筹备张大千纪念馆。

与此同时,谢稚柳、方介堪、关山月、李可染、常书鸿、李苦禅与周企何等旧友及大风堂门人纷纷来信、问安、送礼,搞得张大千归心似箭。

可惜,视其为"国宝"的国民党当局却拒绝放行,也不许张大千在大陆的子女入台。

张心瑞和张心庆(原配曾正容和张大千生的唯一孩子)曾相继飞去美国,想跟父亲在异乡相见,然而台湾当局却以健康为由,不让张大千乘坐飞机,把他"禁锢"在台湾。

悒悒不乐的张大千思乡心切,先后跟张心瑞和张心庆打越洋电话，向前者反复询问四川特大洪灾的详情，并在台北发起书画义卖，募集善款；托后者回国后上青城山把他当年手植的梅花用相机拍下来，再将自己留在山上的字画碑刻拓成拓片，一并寄来。

同时，张大千应家乡政府和青城山道长之请写下"内江市志"与"青城山上清宫"的书法条幅，派人带给张心瑞。后又因获悉张采芹仍然健在，想起四十年前与他在成都贲园合作《雪鸦图》的场景，百感交集地画了幅《垂丝海棠图》，让张心庆转赠张采芹。

此外，他还像孩子一样索要内江的蜜饯和川剧《白蛇传》的录像，并在友人带来成都平原的一包泥土时怆然泪下，毕恭毕敬地将之供于祖宗牌位前。

当然，凡事都要用政治放大镜照一照的微博网友，是很难像陈寅恪一样对历史人物抱以"理解之同情"的。

1949年，国民党的军队节节败退，只剩四川一隅，张大千托人争取到最后三张军用飞机的机票，携四夫人徐雯波（陪张大千走完余生的最后一任妻子）和年仅三岁的幼女张心沛（第二任夫人黄凝素所生）登机，将其余家人留在大陆。

做此选择，实属无奈，因为飞机已严重超载，张大千赶到机场时众人正劝阎锡山把他座位下方的几箱黄金舍弃一些。

张大千也带了几只箱子，装的都是他在敦煌临摹的壁画。同机的教育部总长杭立武深知其价值，权衡再三后把自己的两箱行李扔下飞机，里面有他的毕生积蓄——20

两黄金。

张大千的画保住了,但杭立武有一个条件,即这些画将不再属于个人,而要捐给台北故宫博物院。

其实,张大千收藏的字画包罗万象,何止这区区几箱?那些带不走的他已打包妥当,求助于亦师亦友、同乡同宗的张群。

张群曾当过行政院院长,早年与蒋介石一起加入同盟会,结为生死之交。1990年,当他以101岁的高龄去世时,国家主席杨尚昆曾致电吊唁。

经张群呈报,张大千的藏品被蒋的几个亲信随身携带,搭专机赴台。

不过有一说一,张大千虽同张群、于右任私交颇好,但他本人并无明确的政治立场,曾作画《赠润之先生荷花图轴》,托何香凝转交毛泽东,并在抵台后不久便远赴南美,移居巴西。

而为了筹措费用,他还把当初斥巨资(原拟用来在北平置业)购买的董源的《潇湘图》、黄庭坚的《赠张大同卷》和顾闳中的《韩熙载夜宴图》(为此专门治印"南北东西只有相随无别离",以示珍视)等一批价值连城的国宝以两折的价格半卖半送给国家文物局,气得蒋介石差点派人查他。

可即便如此,无论陈毅、周恩来等中央领导如何请人动员,张大千始终对重返大陆顾虑重重,究其原因,谢稚柳晚年在香港面对记者时曾经作答:

我也希望他回去，但我决不劝他回去，原因有二。一是张大千自由散漫，爱花钱，在大陆，没有这样的条件；二是张大千自由主义思想很强烈，要是让他当人大代表、政协委员、美协理事等职，经常要开会，肯定吃不消。张大千这人，只适宜写画，不适宜开会，他不擅说话，更不擅做大报告。

　　总结起来，无非两大因素。

　　经济方面，中华人民共和国成立伊始，百废待兴，千头万绪，政府还顾不上操心画家们的生计。而随着制度和观念发生翻天覆地的变化，失去买主与市场的画家处境堪忧。

　　1950年，受邀赴印度办展的张大千收到一封齐白石的来信。

　　信中，齐白石大谈北平解放后的新气象，希望张大千不妨回国看看。

　　在绕完好大一个弯子后，齐白石说自己的画现在卖不出去，想寄两幅给张大千，请他在外面代售，定价每张50美金。

　　张大千五味杂陈——他自己的画，小小一幅，光在日本装裱，工钱就要一百多美元。而举世皆知的白石老人，其作品难道只值五十美金？

　　张大千心念及此，不禁想起一桩往事。

　　早年在北平时，张大千替收藏家徐鼐霖画过一张《绿柳鸣蝉图》。

当过北洋政府吉林省省长的徐萧霖见画中大蝉俯趴在柳枝上作欲飞状，神气活现，十分喜爱，乃请齐白石在画上题诗一首，来个"南张北齐，双剑合璧"，作为传家宝留给子孙。

岂料，齐白石端详之后婉拒，指出"画是好画，可惜画错了"，因为趴在柳枝上的蝉，头永远是朝上的。

听完徐萧霖的转述，张大千哈哈一笑，心下不服，毕竟平日都是他用诸如"鹭鸶的一只脚趾是反的，指甲在下"这样的冷知识教育别人，直到抗战打响他登上青城山，住进上清宫。

一个炎炎夏日，张大千正在午休，却被聒噪的蝉鸣吵醒，乃同黄君璧出门察看，发现树上的蝉大多头朝上，只有极个别向下，而柳枝上的则更是全部昂首，无一例外。

张大千想起齐白石的话，感佩之余却不明所以。

抗战胜利后，回到北平的张大千登门请教，齐白石告诉他说，蝉因头大身小，为稳固重心，即便位于槐树枝和梨树枝这些较粗较硬的附着物上，也很少头朝下，更不要说细软的柳枝了。

张大千五体投地，结果没过几天又被打脸。

这日，国立北平艺术专科学校（中央美术学院前身）校长徐悲鸿在家中设宴，招待北平艺专的两位名誉教授齐白石和张大千。

廖静文亲自掌勺，齐白石吃得津津有味。饭后，徐悲鸿提议齐、张二人合绘一幅作品，但要"反串"，即齐白石画张大千擅长的荷花,张大千画齐白石拿手的河虾,两人欣然同意。

张大千请齐白石先画,三片荷叶与两朵荷花很快出现在纸上,生机勃勃。张大千思量片刻,提笔在荷花和荷叶下补绘了几只嬉戏的小虾。

张大千很少画虾,笔下的这几只也算晶莹剔透,生动活泼。然而,齐白石却悄悄地拉了拉他的衣袖,暗中道:"虾的身子只有六节。"

张大千不知真假,但考虑到齐白石说的总不会错,乃急中生智添了几笔水草和水纹,把节数不确的虾身掩盖过去。

事后,张大千专门买来一篓河虾,倒在盆中,发现果然通通六节,彻底服气。

→ 张大千《虾》，诗婢家收藏

030

开放于刹那
凋谢于无涯

*

拉丁美洲的园艺大师

齐白石曾当着张大千的面收比自己小近六十岁的徐雯波为徒,给足他面子。

张大千自然也不会对齐白石的困厄袖手旁观。

他回信让齐白石不要寄画,说自己已托香港友人汇去100美元。

以齐白石的名望犹且如此艰难,一旦张大千归乡,可想而知,靠画画根本无法养活四个老婆和十几个子女。

当然，更大的阻碍还是气候。

1952年，当他踏上南美大陆时，光装绘画用品和四季衣物的箱子就带了一百多个，随行的还有六头长臂猿，以及各种名犬、名猫，俨然一支环球马戏团。

长髯飘拂，仙风道骨的张大千在海外的标准仪容是头戴东坡帽，身披青大氅，手执乌藤杖——很显然，这副尊容与当时的国内环境显然格格不入。

然而，新政权在探索社会主义建设初期所走的弯路并没有改变张大千的去国怀乡之情，因为真正的大哲往往都能超越政治，直抵人心。

张大千曾让曾正容把自己留在内江老家的183幅画和81枚印无偿捐赠给四川省博物馆，还终生保持吃川菜、说方言的习惯，并哀叹"还乡无日恋乡深""平生结梦青城宅"，以及"不见巴人作巴语，争叫蜀客怜蜀山。垂老可无归国日，梦中满意说乡关"。

1963年，张大千在香港办展，一个跛脚男子来到他下榻的酒店。

这个素不相识的人愁云惨淡地讲述了自己因残疾而被单位辞退，一家数口流落街头的困境，听口音是个四川老乡。

张大千动情地画了两幅画让他拿去卖钱，开个"沙龙"（茶馆）养家糊口。

来人连连道谢，感激而去。

1967年，为给张群贺寿，张大千在巴西精心绘制了高约两米、宽达四米的《蜀中四天下》，将巫山、夔门、剑门关和峨眉山画在一张纸上，笔墨淋漓，豪情激荡，题款也意气飞扬:峨剑夔巫,孕四天下。出云导风,谁欤匹者?

画抵台湾,阖岛轰动,张群在回信中激动道:

> 近见吾兄新作,笔力遒劲,气势雄伟,而亦仍能刻画纤细,一如二十年前作者,不禁狂喜,以兄体健神完为美。吾兄艺事,名满寰宇,诚以臻于从心所欲之化境,蔚为中国之国宝!至希加意摄生,益自珍卫,斯不独故人所殷望,亦中华文化之荣光也。

《蜀中四天下》作于圣保罗附近的"八德园"。

八德园是张大千第一次起造园林,耗资200万美元,占地近三百亩,远大于他后来侨居美国时的"环荜庵"与回台北后的"摩耶精舍"。

园林是古人的"人间天堂",治园是昂贵的实景绘画。明末造园家计成作为这门艺术的集大成者写过一本《园治》,总结出"相地""立基""叠山""理水""建筑""花树"和"文字"(包括匾额、对联、碑刻)等关节,提出"市井不可园""栋宇设置以取景为要"等原则。

可见,这是一项耗时、费力、烧钱的工程,常人根本玩不起,故有名的文人园林屈指可数,无非沈括的梦溪园、米万钟的勺园、祁彪佳的寓园、李渔的芥子园和袁枚的随园。

而张大千之所以看中圣保罗的那片地,源于其花草缤纷,佳木葱茏,实在太像成都平原。

虽然诚实的意大利卖家提醒他政府计划在附近建水库,

将来这一带都会沦为泽国，可张大千还是毅然签下合同，把"八德园"当成养老之地重金打造。

园中遍布奇花异木与名贵盆栽，除笔冢、荷塘、画楼和从国外空运来的怪石，还有竹林、梅林、松林，以及阔达三十亩的"五亭湖"。

由于巴西没有长臂猿，张大千的猿被圣保罗动物园借去展出、繁殖。

而作为回报，动物园送来野鸭、孔雀、天鹅和梅花鹿，使"八德园"成为鸢飞鱼跃的极乐净土与举世瞩目的东方名园。可惜，巴西政府在1969年果因修水库之事通知张大千搬迁。

对此，曾自嘲"曾经我眼即我有"的张大千以"自我得之，自我失之"一笑置之，弃园赴美，离开生活了17年的巴西。

1989年，张大千去世六年后，水库竣工放水，八德园不复存在，仿佛雪泥鸿爪，南柯一梦。

曾几何时，张大千在五亭湖畔栽满购自澳门的芙蓉。

芙蓉是成都的市花，一日三变，晨白、午红、夕紫，朝开暮落，刹那芳华。

人生亦如斯。

唯其有限，所以无价，就像田中芳树在《银河英雄传说》中所说：

> 那些星星经历过数亿年、数十亿年的生命，早在人类诞生之前就一直闪烁着光辉，在人类

>灭亡之后，它们仍会继续绽放着光芒吧？人的生命连星星一瞬间的光辉都不及。这是自古以来人们就明白的事情。然而，认识到星星的永远和人世的一瞬的是人，不是星星。
>
>总有一天你也会明白的。明白人类重视瞬间的燃烧甚于冻结的永恒，明白一瞬即灭的流星的轨迹将会深刻于宇宙的深渊和人们的记忆当中。

理解了这一点，就理解了徐悲鸿何以称张大千为"五百年来第一人"。

表面看，张大千不抽烟、不喝酒、不打麻将，常年焚膏继晷地画画，老而不辍，躬行"三分天才，七分用功"的信条，堪称天道酬勤的模范。

可实际上，他的人生剧本叫"男人至死是少年"，所以才有黄苗子的调侃：

>他有很深的诗文书画修养，是个谈笑风生的人物。谈到得意处，大胡子上下分开，纵声大笑。他不太拘于世俗的礼节，在别人家中做客，有时也把鞋子脱掉。

归根结底，相比于青史留名，张大千更追求极致的自我实现和人生体验。

031

敦，大也
煌，盛也

*

一眼千年

没有什么事是不朽的，包括艺术本身。唯一不朽的，是艺术所传达出来的对人和世界的理解。

张大千爱猿，曾说："猿和猴不一样，猿是君子，猴是小人。猿最有灵性，最有感情。"

每当他忘情挥毫时，一只可爱的小猿总乖乖地坐在桌子一角，见人过来便伸手要抱，宛如孩子。与此同时，窗台上槛笼里的一只乌猿和一只棕猿亦总会顽皮地朝他扮鬼脸。

如果张大千的画室失火,救画与救猿只能择其一,毫无疑问他将选择后者。即使这一把火烧掉了他所有的作品,加起来可以买十几座动物园。

当然你会说,张大千的画是一流的艺术品,其价值甚至难以用金钱衡量,这么做不是暴殄天物吗?

诚然,人之异于禽兽者几希,艺术就是其中之一。它关乎自由,关乎平等,关乎博爱,是渺小脆弱的世人抵抗虚无的武器,寄托了人类对永恒的一点期待,而一只猿又能活多久呢?

然而,太阳终将坍缩,宇宙终归热寂,就算把字刻在石头上,也总有磨灭的一天。不肯为一条无辜的生命让路,又奢谈什么不朽?

事实上,恰恰是那些为了宏图伟业不惜牺牲弱者的人,频频让这个世界陷入大火,不管他是政客、文人,还是资本家。

另一方面,宿舍里的一局游戏,寝室里的一夜鬼话,之所以回忆起来异常珍贵,盖因那一晚无法重来,不能回放,就像一场即兴演出的话剧。

而话剧的票价,是远高于电影的,因为世间从无两场一模一样的表演。

相比于免费的、拥有无限拷贝的、在介质上永远保存着的内容,那些脆弱的、易逝的、麻烦的、不可倒带的、只能当下欣赏的内容更宝贵,比如莫高窟的壁画。

对张大千而言,"面壁敦煌"是一段令他誉满天下也谤满天下的人生经历。

由于"破坏壁画"的流言甚嚣尘上,张大千意犹未尽就被甘肃省政府下了逐客令,依依不舍地离开敦煌,日后也饱受非议,百口莫辩。

其实,真相并不复杂。

敦煌位于河西走廊的西端,是汉代华夏文明的尽头。离开其境内的阳关即为西域,故唐诗有云:西出阳关无故人。

莫高窟嚆矢于前秦的乐尊和尚。

公元366年,乐尊云游至敦煌鸣沙山,"忽见金光,状若万佛",不禁惊异膜拜,当场立下宏愿,要在山壁上募化凿窟,供养菩萨。

莫高者,沙漠中之高山也。之所以延绵千载,建窟千余,造像无数,绘画繁多,皆因敦煌在丝路鼎盛的时代是文化和商业交流的枢纽,有中原儒生传播发展的"河西儒学",有鸠摩罗什带入汉地的佛教思想,更有日复一日、来来往往的汉、胡商队。

及至北宋,党项崛起,敦煌被西夏收入囊中。

而到了横跨欧亚的元朝,失去"门户"地位的敦煌日渐衰落,不复有出手阔绰的"供养人"(当地的世家大族)和为求旅途平安而礼佛的"出关"商人在鸣沙山挥资开窟了。明朝为免除边患,索性关闭敦煌以东的嘉峪关。于是,孤悬关外的敦煌连地名都没了,只剩一个屯兵的卫所"沙洲卫"。

"千佛洞"辉煌不再,逐渐尘封在荒漠之中,直至清末才重新被世界"发现",还付出了惨痛的代价。

1900年,一个叫王圆箓的道士在清理今莫高窟16窟的甬道时,发觉北壁内部似乎中空,乃破壁探查,于是封存近千年的藏经洞重见天日。

藏经洞有文物五万件,最古者可追溯至公元4世纪,罕见者甚至包括唐初诗人王梵志的诗作(其作品早已失传,《全唐诗》不录其诗)。

除绢画、刺绣和文献外,石室里还有借据、地契与诉状等林林总总的民间资料,涉及的文字则有藏文、梵文、于阗文、龟兹文、粟特文、突厥文、回鹘文和希伯来文等,堪称蔚为大观的历史博物馆。

藏经洞的成因乃未解之谜,但学界的主流看法是西夏占领敦煌前,千佛洞周边的寺僧为躲避战乱而出逃,临走前将经卷、佛像和杂书暂且藏入洞中。谁知他们一去不返,杳无音讯,该洞就此"消失",直到王圆箓的偶然发现。

王圆箓名为道士,实则不过以要饭为生的文盲。远游至莫高窟安顿下来后,自愿看管这些无人问津的佛窟,供奉香火,打扫维护。

从1900年藏经洞开启到1907年英国探险家斯坦因闻风而来,七年的时间里,王圆箓虽不识字,却也深感密室中的经卷和遗书[39]非同小可,找过两任知县和一任道台,却没有引起丝毫重视。

翰林出身的甘肃学政叶昌炽倒是建议藩台将文物运到省城妥藏,结果因运费无着而不了了之。

这就给了斯坦因与法国汉学家伯希和耍流氓的机会。

两人先后以极小的代价从王圆箓手中骗走大量稀世之珍，并引来日本、俄国和美国的盗宝者，致使敦煌文物流散到全球十余个国家，留存国内者不过数千，以至于陈寅恪痛心疾首道："敦煌者，吾国学术之伤心史也！"

然而，说句不中听的话，那些在西方被小心翼翼保护起来的敦煌文物其实很幸运，因为留下来的将饱经人祸。

1910年，清政府的保护措施姗姗来迟，学部命甘肃将仅存的八千卷文物运送北京。

车行至崇文门，瓜分盛宴正式上演。

以顺天府丞李盛铎与京师大学堂监督刘廷琛为首的所谓学者型官员纷纷出动，各显神通，把经卷里的精品悉数窃取，再将较长之卷一拆为二，以充八千之数。

由此观之，苛责王圆箓卖文物毫无意义，毕竟他把卖得的钱都用来修缮洞窟和庙宇了。

事实是，积贫积弱的大清在当时根本无力保护国宝，文物流失的罪名不应由一个还算功过参半的小人物承担。

1941年，王圆箓去世十年后，张大千携半吨重的行李从成都飞往兰州。

落地后，他雇了几辆"羊毛卡车"沿河西走廊向敦煌挺进，一路上缺水少菜，土匪出没，卡车抛锚时还不得不以骆驼代步，历尽千难万险，终于看到鸣沙山东麓的断崖绝壁上那鳞次栉比、高低错落的石窟群。

---

39. 指遗留之书。

面壁者

虽滴水成冰
却物我两忘

　　张大千抵达莫高窟时,窟内的壁画和彩塑已然损毁严重,远近放牧的羊倌与四海为家的淘金客甚至将洞窟当成免费旅馆,在里面生火做饭,烧柴取暖。
　　可即便如此,张大千的惊叹多年后回忆起来仍历历如昨:"不得了!比我想象中不知伟大了多少倍。"
　　在同旁人谈及壁画之美时,又时而风趣:

有不少女体菩萨，虽然明知是壁画，但仍然可以使你怦然心动。

时而敬服：

壁画到了最下端，已经靠近地面，但人马车骑，一笔不苟，还是那么完整而有力，可见画家是匍匐在地上画的。

由于大小不一的佛窟密密麻麻，犬牙交错，张大千萌生了一个颇具雄心的想法：替石窟编号。

此事不仅劳神费力，且有生命危险，因为最下层的洞窟很多已被流沙掩埋，而最上层的洞窟则必须搭极长的梯子或爬到山顶从小径溜下去方能抵达。

张大千率门生、助手耗时5个月，一丝不苟地编了309个洞，确立了两大原则：

一、洞内有壁画或塑像者方得入编；
二、大窟之内的附属小洞俱不另立。

方法则是先在窟外的土壁上用排笔蘸石灰水刷一个规则的长方形，待其干后用毛笔在这白色的"底版"上书写"第几窟"。

流程不复杂，要求却很严格。

首先，洞口外若有壁画，则绝对不可污损；其次，梯子要轻移轻靠，以免碰伤崖壁；最后，方块要刷得端正整齐，切忌流淌滴水。

对张大千而言，那是一个苦不堪言的冬天。

北风如刀，沙子打到脸上又冷又痛。毛笔常常冰封在墨水里，用火烤化后才能取出。大伙的手也多被冻出一道道血口，又疼又痒。

张大千为写好编号，坚持不戴手套，直至手被冻僵才在烤墨汁的火盆上取取暖。

当然，回报也是丰厚的。完工后，不仅工作上的查考大为方便，也有利于后人游览洞窟，用张大千的话说便是：

> 他们只要顺着我写的编号走，则断不会走冤枉路，也不会遗漏任何一个洞窟，又能节省时间，一天就可以浏览完毕这三百零九个洞。

编号只是第一步，真正的大工程是临画。

由于莫高窟坐西朝东，每天上午光线犹可，但一过午后，洞内便暗淡下来。因此，张大千等人往往一手持烛（玉门油矿提供的洋烛），一手拿笔，清晨而入，薄暮而出，有时还得开夜工。

描画时，或站在梯上，或蹲着甚至躺在地上。一天下来，腰酸背痛，却从无一人告退，因为张大千总是身先士卒，蓬头垢面，还苦中作乐道："我们简直就跟犯人一样啰，跑到这里来受徒刑，而且还是心甘情愿！"

为使"犯人"劳逸结合，张大千经常把手摇唱机搬到石窟外,等大家出洞"放风"时便播放唱片。

临摹不仅苦,而且难,因为壁画的颜色多已斑斓,必须手执光源静观良久,才能依稀看出线条。

为免浪费物料,张大千会先以透明蜡纸(纸张得由人提着,跟壁画保持一两寸的距离)依原作勾出初稿,然后将之粘在画布背面,在烈日强光的照射下用柳条炭勾出影子,再用墨描。最后,将画布架子抬回洞内,对着壁画一笔一笔地着色。

其中,佛像与人物等主要部分由张大千亲临,亭台花叶等次要部分则交由弟子和助理分绘,每幅都注明合作者的姓名。

烦琐的工序使得一画之成,大则数月,小亦数日。总共276件摹品,在旁人看来已属"筚路蓝缕,以启山林",可张大千认为跟古人相比根本不值一提:

> 这些壁画的作者,都没有留下姓名,也无从考证,想来不是什么名家,用现在的话说就叫"画匠"。这些无名画匠的作品,按我个人的看法,并不比和他们同时代的阎立本、吴道子逊色。
>
> 他们一生的精力,就是专门绘画。试看他们在天花板上所画的画,手也没有依靠之处,凌空而画,无论用笔设色,没有一笔懈怠。还有靠近地面的地方,离地只有二尺高,要画一

尺或八寸的人物，画的还是一个大故事，这么小的人物，叫我们放在桌子上来画，已经觉得很辛苦了，而他们却是在地上侧睡着画，比仰天画还要难。

一眼千年。

画者的肉身虽已归于尘土，姓名更是随风而散，可他们的悲欢、悸动和感悟都凝固在这法相庄严、生动有趣的万千佛国之中。

然而，故事还没完。

戈壁的疾风和漫天的黄沙一直无情地吹打着莫高窟，而山崖的石砾岩质粘合力又很小，极易瓦解。数百年后，洞窟会崩塌，壁画会风化，哪怕一代代艺人把毕生心血都耗在这一座座石窟里，它也终将与大漠融为一体，回归乐尊在此刻下第一道人为痕迹前的模样。

生住异灭，缘起性空，莫高窟的命运让张大千洞悉了艺术的本质，故其临摹时并没有照猫画虎，而采取了有所发挥的"复原法"。

敦煌壁画里的很多"飞天"因颜料日久剥落，脸是黑乎乎的一团。"复原法"会还原其肉色，甚至修改原画的不足之处，故临出来的画跟新画一样色泽鲜艳。与之相对，"现状法"则如照相机一般一五一十地记录画面当前的样子，哪怕上面有鼠咬虫蛀和水渍污垢。

彼时，在莫高窟临画的还有一支国家队——西北艺术文物考察团。团长王子云是著名雕塑家，采用的便是"现状法"。

理解了张大千的选择,也就清楚了所谓的"毁画风波"。

1941年秋,监察院院长于右任(1879—1964)视察西北时特地绕道敦煌,与张大千共度中秋。

于右任对民初书坛的影响既深且巨。

在由康有为等人掀起的碑学风潮中,书法家有意无意地忽略了一块重要领地——草书。

自明末王铎以降,二百多年里,善草者几不可寻。于右任的贡献恰恰在于"以碑入草",独创"于草",极大地发展和弘扬了草书。

别看存世的照片里于右任总是一副慈眉善目的长者形象,其实年轻时他比热血漫画里的少年还"中二"。

戊戌年间(1898),六君子喋血京都,悲愤难抑的于右任披头散发,右手握刀,光着膀子请友人拍照留念,向谭嗣同的"我自横刀向天笑,去留肝胆两昆仑"致敬。

庚子(1900)西狩,慈禧入陕,于右任打算上书陕西巡抚岑春煊,请其发动兵谏,手刃西太后,经同学力阻才放弃这一危险的幻想。

1904年,于右任赴开封参加历史上最后一届会试。刚走到半道,清廷的通缉令下达,称"无论行抵何处,拿获即行正法"。原来,其反清诗集《半哭半笑楼诗草》震惊了朝廷。

报国无门,有家难归,于右任在逃亡途中登上南京紫金山,写下"短衣散发三千里,亡命南来哭孝陵"。

1906年,于右任东渡日本,终日怅惘,不知"神州再造待何年"。

直至遇见孙中山。

经过一番深宵长谈,他重燃斗志,加入同盟会,矢志"驱除鞑虏,恢复中华",在领了个没有一兵一卒的空衔"长江大都督"后返回上海,相机行事。

于右任推动革命的方式不是造炸弹,而是办报纸,比如不用清帝年号而以干支纪事的《神州日报》,比如先后以宋教仁、章士钊为主编,在辛亥革命中发挥重要的舆论导向作用的《民立报》。

与办报类似,于右任改进草书并反复修订、重印《标准草书》,也是从"计利当计天下利"的思想出发,使草书走出文人书斋,适应时代需求,以其书写之便利更好地服务现实,用沈尹默在《题标准草书歌》中的评价就是:

美观适用兼有之,用心大与寻常异。

这种对待艺术的务实态度,也成为后来敦煌事件的诱因之一。

在参观"南大像"窟时,于右任发现甬道处的壁画烟迹斑斑,毁坏严重。

原来,此洞20年前曾关押过俄国士兵。

透过碎裂的墙皮,依稀可见里面尚有一层精美的绘画。

张大千告诉于右任,这是"层累"的结果,即后来者把前人的洞窟占为己有,在旧画上涂泥抹浆后作新画。

从缝隙显露出的图案判断,被遮蔽的应该是幅唐画。

莫高窟群跨越千年,绘画水平呈抛物线状,顶点即是唐朝。

听完张大千的介绍，于右任点头称奇，而察言观色的县政府随员已上前清除坏壁，想让领导一览真容。

谁知墙面腐朽严重，稍一拨弄便彻底脱落，露出一副美轮美奂的盛唐壁画。

一场众口铄金的轩然大波立起。

033

悠悠绘事

*

张大千与毕加索的
世纪觐晤

谢稚柳曾替千夫所指的张大千辩诬:

> 要是你当时也在现场,你肯定也会同意打掉。既然外层已经剥落得无貌可辨,又肯定内层还有壁画,那为什么不能把外层打掉,来揭出内层的菁华?

事实上，1944年成立的国立敦煌艺术研究所（直属教育部，于右任根据张大千的建议返渝后倡建）也在几座晚期残损的石窟中剔除腐坏的表皮，揭示内里的唐画。

说到底，张大千之所以蒙冤遭谤，盖因得罪了小人。

敦煌壁画，高者可达数丈，用寻常画布临摹，尺寸根本不够。而将多张画布缝为一体，又会留下难看的针眼。

青海塔尔寺的喇嘛掌握一种特殊的涂料和技术，能将画布拼接得天衣无缝。

张大千听说后，想雇几个喇嘛随他去敦煌，但按规定，没有青海省主席马步芳的批准，任何喇嘛都无法离境。

为获得马步芳的支持，张大千专程拜访河西警备总司令马步青，搞到他的介绍信。

马步青是马步芳的哥哥，有了这层关系，张大千从西宁成功带走五个喇嘛。

返回敦煌途中，经过武威时，张大千登门感谢马步青，经过酒泉时又很给面子地接受了马呈祥（马步青女婿，骑兵师师长）的宴请，结果出事。

原来，酒泉的应酬持续多日，当地的军政要员纷纷趁机求画。张大千一视同仁，有求必应，给某专员画了块奇石。

石上有二鸟，石后有墨竹。加上题款，半个小时便完成了。

谁料次日该专员携画复至，要求张大千再添几笔。

张大千大为恼火，强忍道："这幅画我自己还满意，请你先放下,以后我给你再画。"

当然不再有"以后",因为张大千离开酒泉前便把画给撕了。

祸根就此埋下。

1943年,张大千离开敦煌,临走前接待了后来的国立敦煌艺术研究所所长常书鸿。

该职于右任本来属意张大千,但他力辞不就,仅挂名筹委会委员。

带常书鸿熟悉莫高窟后,张大千交给他一个本子,里面贴满从各个洞子捡到的碎经残页。

此外,张大千还留给他一张自己手绘的《莫高窟蘑菇秘密生长图》,详细记载了周边野生蘑菇的生长地点——莫高窟缺乏蔬菜,且"艺研所"经费紧张。张大千尽其所能地为常书鸿提供方便,把这个日后的"敦煌守护神"感动得热泪盈眶。

敦煌之行,张大千完全自费,以至于债台高筑,但也硕果累累。

除衣冠文物和乐器歌舞等历史知识,最大的收获便是将"吴带当风,曹衣出水"的人物画精髓内化于心,描绘女性也从此"舍病态而取健美"。

当然,更深刻的影响要把时间拉长才看得清。

作家台静农曾说,张大千"虽赝品也不放过"。

这是指张大千1949年前即已鉴定故宫博物院一幅署名仇英的画为假,可当他到台湾后又在迁台文物中见到此画时,仍做卡片详细记录其用笔和构图。

其实,张大千连京剧脸谱也不放过,早年追金少山、郝寿臣的戏时总喜欢对比二者不同的勾脸风格。

然而,即便如此,张大千从未将艺术凌驾于人的价值之上。

在他看来,古人作画原本不为卖钱,很多时候只是当成怡情悦性的游戏。故其最喜欢的楹联乃"佳士姓名常挂口,平生饥寒不关心",不仅常替人写,还身体力行,对索画者往往有求必应,甚至主动送画。

收藏界有一个公开的秘密,即张大千的画分两类,其中未题款的都是他送给境况不佳的朋友,让其转手换钱的纾困之作。

比如川剧名丑周企何手头有张大千的书画作品四十多件,再比如摄影家郎静山晚年想去美国看望因海峡阻隔而阔别数十载的女儿郎毓秀,却苦无旅费,张大千获知后不声不响地赶作了一幅山水中堂(挂在客厅正中墙面的大画),把售得的一万多美金交给老友,催他启程。

其实,别看张大千长了双"点纸成金"的手,但周围的朋友都清楚他是"富可敌国,贫无立锥"。

因为他有"恋物癖"。

但凡张大千看上的真迹、盆景、石头或任何有艺术价值的物件,哪怕卖家坐地起价,他也甘之如饴地受骗,以至于收获"一身是债,满架皆宝"的称号,被溥心畬比作"千金散尽还复来"的李白。

当然,率性的张大千也自认"不是一个豁达的人",不仅常被亲情、友情和爱情所羁绊,为构思绘事更是苦苦思索，必至贯通而后已。

这种深挚的情感，与因盛产蔗糖而素称"甜城"的内江不无关系。

从含冤而死、化作碧玉的周室忠臣苌弘，到刚直不屈、正色立朝的明代内阁大学士赵贞吉；从先后谋刺端方、载沣的黄花岗烈士喻培伦，到以策论里的一句"君忧臣辱，君辱臣死"打动经历了甲午新败的光绪而被点为状元的骆成骧，内江人的生命像糖一样浓，似酒一般烈。

可惜，血太甜会得糖尿病，张大千也不例外。

但作为本性难移的享乐主义者，他又岂会因消渴症（糖尿病）而放弃美食？

不仅不会放弃，还经常系上围裙露一手，用"回锅肉""一品豆腐"和"红烧狮子头"等看家菜犒劳亲友。

张大千在吃上从不马虎，曾对人言："穿和吃比较起来，应该是吃居第一。吃在自己肚里，最为实惠，穿是给人看的，好坏与自己关系不大。"

一提到吃，他就侃侃而谈，会告诉你皱巴巴的鲍鱼才是上好的食材，因为那是在活的时候抓到的，由于有痛感，才缩成一团。而肥肥厚厚的鲍鱼反倒早就死了，口感欠佳。

吃，只是无足轻重的闲事，张大千却从未等闲视之，因其生就一副"要么不做，要做就做最好"的性情，不枉此生。

因此，1956年他在巴黎卢浮宫办展期间竟萌生拜访毕加索的念头，并请赵无极帮忙联络。

赵无极是林风眠的学生，彼时已在西方画坛打开局面。

听完张大千的请求,他面露难色,说毕加索性格古怪,架子很大,万一吃了闭门羹,媒体拿"西画宗师拒见东方巨匠"疯狂炒作怎么办?

张大千不信邪,又去找卢浮宫的萨尔馆长,讵料连他也表示为难。

牛脾气上来的张大千干脆雇了个翻译,直接给毕加索家打电话,没想到竟通过秘书约访成功。

于是,东西艺坛的两面大旗在尼斯港的一栋别墅内会面,互赠作品并合照,将历史性的一刻定格。

同毕生求变的毕加索一样,张大千的很多画都刻意挑战自我,探索极限。

当年,上海富商程霖生曾称自己高价购得八大山人的花卉四幅,每张长近四米,宽仅尺许,而其中一幅荷花更是梗长两米,一笔到底。

程霖生得意地告诉旁人:"大千虽善模仿,绝没有此魄力。"

然而及程逝世,有人提及此画,张大千说:"这四条都是我画的,当时把纸幅置于长案上,边走边画而已。"

其实,别说边走边画,对张大千而言,就算一笔从上至下,一笔由下往上,两笔也能自然接榫,毫无破绽。

工欲善其事,必先利其器。高超的画技离不开对文房四宝的挑剔,尤其是纸和墨。

张大千喜用古纸,说从前熟纸是用木槌一点一点捶熟的,本质坚洁,今则施以胶矾,既不受墨,而且涩纸。

至于墨,也很讲究。

徽墨天下无双，其中又以严世蕃的幕僚罗小华所制为绝品，有"坚如石，纹如犀，黑如漆"之誉。

藏墨就像藏砚，重在赏玩。名砚多少还有人日常使用，名墨则几乎无人舍得研磨，即使碎裂，也因含有冰片可供药用而广受追捧。

能入张大千法眼的，都是旧墨：

> 墨和纸一样，也要越陈越好。因为古人制墨，烟捣得极细，下胶多寡，仔细斟酌过。现在的墨，不但不能胜过前人，反而粗制滥造，胶是又重又浊，烟是又粗又杂，怎么能用来画画？

当然，也只有"豪"如张大千者，才敢把已成古董的一丸明墨拿来画巨幅墨荷。

034

放下屠刀
立地成佛

*

有其兄必有其弟

虽然张大千的一生离奇得像章回小说,但他原本连第一集都活不过。

民国初年,他和同学结伴回家过暑假,半道上被土匪绑票,命悬一线。

要不是写得一手好字,被土匪留下当师爷,张大千就"享年"17岁了。

除却这100天的黑道生涯,两年后他还当过100天和尚。

此事愈奇——张大千一个热爱生活，桃花不断的入世之人竟然也会出家？

原来，张大千有个没过门就死了的未婚妻叫谢舜华，是他表姐，自小情深。噩耗传来时，张大千刚从日本归国（随张善子在京都学习印染），本想回内江凭吊，却为战火所阻。未几，张善子来电，复召其至扶桑，乃抱憾而去。

翌年，张大千回国，拜入沪上书家曾熙门下。

曾熙在清末是湖南咨议局的副议长，与沈曾植、吴昌硕和李瑞清并称"民初四家"。

虽得遇名师，可书道向无速成之法，本就因谢舜华之死而苦闷的张大千感到成名之路也道阻且长，遂有了遁入空门的念头。

他打听了一圈，获闻佛门中声望最高者乃观宗寺的谛闲法师，便决定必得由其剃度，不做第二人想。

这也很张大千。

谁料一路化缘到宁波，观宗寺的知客僧对他这个野和尚闭门不纳。

张大千回到客栈，费尽心机地写了封信，居然打动了正在坐关的谛闲，回信邀约。

两人见面后谈经说法，亦颇投缘，可临到受戒时，张大千却拒绝烧戒疤，诡辩说佛教初无此规，只是梁武帝的个人发明，因为他信佛后曾大赦天下死囚，又担心这帮人重蹈覆辙，才用烧戒疤的办法以戒代囚。

谛闲说："信徒如野马，烧戒如笼头，野马上了笼头才能变驯成良驹。"

张大千说:"有不需要笼头的良驹,难道您老人家就不要吗?"

谛闲笑叱他"强词夺理",岔开话题。

袈裟随时可脱,髡顶仍能蓄发,唯独烙痕无法消除。张大千的踟蹰暴露了其尘缘未尽的潜意识,故谛闲不再勉强。

可张大千偏要勉强自己。

见无法与谛闲取得共识,他又准备到杭州名刹灵隐寺投奔一个相识的僧人。

结果在西湖边上受到刺激。

当天,张大千搭船去往岳王墓,船夫开价4个铜板。

张大千浑身上下只有3个铜板,可还是硬着头皮上了船,心想自己一介出家之人,总不至于因为少给一个铜板就被刁难。

然而开船后,当他向船夫说明情况时,对方暴怒道:"我天天摇船摆渡,你们和尚渡来渡去多得很,如果个个都要我慈悲,我岂不是要喝西北风!"

张大千忍气吞声,挨到上岸,摸出三个铜板,请求船夫高抬贵手。

船夫不听他饶舌,一把抓住张大千的僧袍,大骂"野和尚不给钱"。

张大千气坏了,张嘴回击,结果僧衣被船夫扯破。

游方和尚没有僧衣就不能挂单(到寺院投宿),张大千愈怒,没想到船夫更暴躁,操桨来袭。

张大千一把夺过木桨,将其打倒在地。

船夫大呼"救命",引来吃瓜群众,交头接耳道"野和尚打人",却没有一个敢上前阻拦。

张大千忽然觉得好没意思,不太想当和尚了。

但他仍到灵隐寺寄住了俩月,其间给上海的朋友写信诉苦。

众友皆劝张大千返沪,其中一人还来信说已替他接洽好两处寺庙,等他回来既能挂单,又可同大家常聚,消愁解闷。

于是张大千与他约好时间,坐火车回上海。

下车后,张大千东张西望,见人群中并无朋友的影子。突然,他的胳膊被一只刚健有力的手抓住,耳边传来一声断喝:"总算把你捉住了,看你还能朝哪儿逃!"

原来,张大千的朋友"出卖"了他,不仅没来车站,还一早就给张善子通风报信。

张善子不远万里赶到上海,在月台上"恭候大驾",将弟弟手到擒来。

一通臭骂后,张善子把张大千押回内江。

家里已为他订好亲事,张大千在母亲的监督下与曾正容完婚。

"百日逃禅"草草结束,唯一的"遗产"是法号"大千"。自此,"张爰"这个曾熙替他起的名字(取意张大千之母怀他时曾梦猿入怀)逐渐被"张大千"的光芒所掩盖。

然而,不管飞多高,张大千对长他17岁并把他带入水墨世界的张善子都"惮之如严父"。

张善子的画是跟母亲曾友贞学的。

曾家乃内江望族,曾友贞知书达理,精通刺绣、白描和工笔花鸟,被傅增湘比作有"三绝"(机绝、针绝、丝绝)之称的赵夫人(孙权嫔妃,文献记载的第一位女画家)。

曾友贞的丈夫张怀忠则相形见绌,创业失败后被迫下苦力维生,入不敷出。

所幸曾友贞持家有方,一边靠绣花描帐聊补家用,一边把张善子发展成自己的小助手,使其在耳濡目染中打下扎实的艺术功底。

贫困的童年令张善子任侠崇义,疾恶如仇,改造社会的冲动异常强烈,二十出头便东渡日本,学习经济,并加入同盟会。

保路运动时,他以四川咨议局议员的身份往迎收路大员端方,刺探情报,密送革命党。

民国年间,他辗转于军、政两界,当过蜀军旅长和商都县长,因不满政治黑暗挂印而去,与张大千钻研画艺,开创"大风堂画派",并师从武林高手保鼎,练功强身。

张善子自号"虎痴",长年饲虎,毕生画虎。

论其初衷,虽不乏"倡导尚武,以御外侮"之意,但也确有"炫人耳目,沽名钓誉"之嫌。

1922年,张善子在重庆绘虎,悬画于西二街口,号称听取意见,却标了个天价。消息传开后,参观者杂沓而至,张善子不但收获了大量评价,还名噪一时。

然而,真正让他大红大紫的是寓居苏州网师园时创作的"十二金钗图"。

十二金钗指十二幅虎像，形态各异却彼此呼应，以《西厢记》里的十二名句为题，如虎伏山坡题"羞答答不肯把头抬"，出谷下山题"蹑着脚步儿行"；如面壁之虎题"哈！怎不回过脸儿来"，登山白虎题"可喜庞儿浅淡妆，穿一套缟素衣裳"；如侧面上山之虎题"怎当他临去秋波那一转"，松林里瞪眼之虎题"蓦然见五百年风流孽冤"。

不解个中深意者，只会觉得张善子这套画有点神神道道。其实，他画的是雌虎，以崔莺莺的"表情包"作喻，讽刺那些"内战内行，外战外行，饥来趋附，饱则远飏"的纸老虎（军阀）。

用"野生张"自己的话说就是：

> 予因画虎，遂豢虎有年矣。虎性贪，利得肉，予每以肥豚大方饲之，待其饱，然后弛其铁绳，纵之大壑，须臾风生，若怒若醉，长啸奔舞，山谷异势。及其饥，复置肥豚柙中，虎且摇尾而前，若敬主人者。

035

心有猛虎
细嗅蔷薇

文化大使张善子

　　1937 年底,日寇铁蹄一路南下,张善子被迫逃离苏州,平生所藏,丧失殆尽,喂养多年的"虎儿"也死于战火。

　　西撤至武汉时,他不顾昼夜轰炸的敌机,全神贯注地绘制巨画《怒吼吧,中国》,即使凄厉的空袭警报声声入耳,也岿然不动,奋笔急挥。

　　张善子的满腔义愤化作 28 头奔腾跳跃的猛虎,象征彼时中国的 28 个行省,扑向画面左下角那轮即将落山的残阳。

而在画面右下角，张善子题词道：

> 雄大王风，一致怒吼。威撼河山，势吞小丑。

次年，有感于抗日民族统一战线的建立，身处重庆的张善子画了幅加强版的《怒吼吧，中国》，内容是一头目眦欲裂的雄狮威踞于富士山上，将之压得尘土飞扬，名曰《中国怒吼了》。

兄唱弟随，张大千后来也曾告诫一个鬻画东瀛的弟子说："你在日本什么都可以画，就是不准画富士山。"

同年，国民政府赈济委员会委员长许世英接林森主席指示，物色一位德才兼备的大画家，支持其以民间身份出国巡展，借艺术交流之机宣传中国抗战，争取西方外援。

经反复筛选、仔细比较，许世英选中张善子。

1939年，张善子携自己及张大千的作品180多件抵达欧洲，引起轰动，连法国总统都亲往参观并授予其勋章。

由于该年4月华盛顿要举办世界博览会，张善子放弃了英、比等国的展览，赶赴美国。

然而，见到驻美大使胡适时，张善子获知本次博览会中国政府并未派代表参加。

不过，在胡适的帮助下，张善子以私人名义到纽约、费城、波士顿、芝加哥、旧金山和洛杉矶等地办展,被媒体冠以"Tiger Master"(画虎大师)的称号,成为美国家喻户晓的人物,并掀起社会各界的援华热情。

张善子趁热打铁,到处演讲,拿了一堆名校的荣誉博士。此外,他动不动就当众挥毫,现场义卖,说:"多卖出一张画,就多一颗射向敌人的子弹,多一份支援祖国抗战的力量。"

在美一年多,张善子共筹款一百多万美元,悉数寄回国内,自己未曾染指一厘,乃至一身布衣、布鞋、布袜从头穿到脚,破了就补,绝不添置。

被其精神打动的罗斯福夫妇邀请张善子到白宫做客,而张善子在得知美国政府废除了美日商约时,也特意画了几幅巨虎图,分赠给罗斯福及其国务卿赫尔。

罗斯福乐不可支,称张善子为"世界艺术教授"。

离美前,张善子还结识了回美购买飞机和招募飞行员的陈纳德上校。

陈纳德是美军派给国民政府的空军顾问,后在云南组建了一支"美国志愿航空队",令中国领空的日本战机闻风丧胆。

该队又名"飞虎队",源自张善子在美期间赠予陈纳德的《飞虎图》。

1940年秋,不辱使命的张善子回国。

因舍不得买机票,他在船上颠簸了二十多天才抵达香港,却再无旅费,最后靠办了个临时画展才凑足回重庆的钱。

英雄凯旋,张善子受到朝野的隆重欢迎,《大公报》

和《新华日报》等重要媒体连篇累牍地报道其爱国事迹。

然而，鞍马劳顿加酬应频繁，半个月后张善子竟蓦然病故，享年59岁。

国民政府举行了声势浩大的公祭，张治中、何应钦和于右任纷纷献上不惜溢美之词的挽联，蒋介石也在褒扬令里称其"轩劳为国，载誉他邦"，可谓哀荣无限。

人在广元的张大千悔恨交加，痛不欲生。

原来，张善子之前一下飞机即给身在成都的张大千打电报，让他赴渝相会。

兄弟俩两年未见，张大千恨不得插翅飞往重庆。可问题是他筹划已久的敦煌之行刚刚定好行程，一旦改期，人、财、物都得重新安排，非常麻烦。

加之张大千低估了敦煌，以为顶多三个月就能考察完毕，故纠结了一阵后给张善子回信，说明情况之余让他稍事休息，等自己回来。

孰料竟成永诀。

张善子是张大千的"二哥"，由于"大哥"很早便夭折，故一直扮演"长兄如父"的角色。

自打四年前曾友贞逝世，张善子便成为张大千最亲的亲人。而今他也离去，张大千就像无人领航的孤雁，从此在艺术和生活上都要靠自己去摸索了。

当张大千风尘仆仆地赶到重庆时，张善子业已下葬。

他捧起坟前的新土，熟悉的一幕幕次第浮现。

那是小时候张善子手把手教他绘写的场景；那是长大后张善子带他游北平、逛厂甸（琉璃厂）、淘古画的场景；那是年届三十时，随张善子在上海参加雅士云集的"秋英会"并名扬画苑的场景；那是应被赵熙誉为"世有群蛙沸，天空一鹤闲"的叶恭绰（曾任北洋政府交通总长的收藏家）之邀与张善子入住网师园，在这座精巧而幽雅的世外仙境朝夕相处、谈诗论画的场景。

"天以百凶成就一词人"——仅1940年一年便先后失去侄女张心慧（被日机炸死）、二哥张善子和长子张心亮（肺结核）的张大千替王国维的这一论断做了生动的注解。

036

操千曲而后晓声
观千剑而后识器

*

一口"吃下"石涛
尽窥丹青堂奥

虽然张大千在 1958 年以一幅《秋海棠》荣获世界艺术博览会金奖,并被国际艺术学会授予"当代世界第一大画家"的称号,驰誉全球,但他教大风堂门人画画还是传统的"先临摹,再写生,后创作"。

临摹即"师古人",写生即"师造化"。

看到国画里也有"透视",也讲"远山无皴"(远处的山因看不清而不画脉络)、"远水无波"和"远人无目",

这只是"师古人之迹";看到有些画故意颠倒虚实,近景模糊而远景清晰,仿佛摄像机的焦点正对准远方,这就上升到了"师古人之心"的境界。

但"师古"只是第一步,成熟的画家往往师古不泥,就像张大千所言:"大抵艺事,最初纯有古人,继则溶古人而有我,终乃古人与我俱亡,始臻化境。"

这就涉及第二步"师造化"。

造化万千,不在写生中掌握物理、物态、物情,就不明白画树要四面出枝,画山要弄清来龙去脉和阴阳向背,画人要懂得解剖、比例和相法。

然而,就算把森罗万象都咂摸透了,离"随心所欲"犹有距离。按张大千的说法,创作要想达到"俯拾万物""入木三分"的境界,须有"我即上帝"的信念:

> 画中要它下雨就可以下雨,要出太阳就可以出太阳;造化在我手里,不为万物所驱使;这里缺少一个山峰,便加上一个山峰,那里该删去一堆乱石,就删去一堆乱石,心中有个神仙境界,就可以画出一个神仙境界。这就是科学家所谓的改造自然,也就是古人所说的"笔补造化天无功"。总之,画家可以在画中创造另一个天地,要如何去画,就如何去画,有时要表现现实,有时也不能太顾现实,这种取舍,全凭自己思想。何以如此,简略地说,画一种东西,不应当求太像,也不应当故意求不像。

求它像，当然不如摄影，如求它不像，那又何必画它呢。所以一定要在像和不像之间，得到超物的天趣，方算是艺术。正是古人所谓遗貌取神，又等于说我笔底下所创造的新天地，叫识者一看自然会辨认得出来；我看到真美的就画下来，不美的就抛弃了它。谈到真美，当然不单指物的形态，是要悟到物的神韵。这可引证关于王摩诘的一句话——"画中有诗，诗中有画"，怎样能达到这个境界呢？就是说要意在笔先，心灵一触，就能跟着笔墨表露在纸上。所以说"形成于未画之先""神留于既画之后"。近代有极多物事，为古代所没有，并非都不能入画，只要用你的灵感与思想，不变更原理而得其神态，画的含有古意而又不落俗套，这就算艺术了。

张大千的画风以"回蜀"和"去乡"（离开大陆）为节点，恰好分为三个阶段。

第一阶段主攻临仿，从唐寅到徐渭，从髡残、弘仁到"四王画派"，从八大山人到扬州八怪，张大千无所不临，正如叶浅予所说："张大千是所有中国画家中最勤奋的，把所有古人的画都临过不止十遍。"

当然，要说哪个画家被他临出了空前绝后的高度，临成了青出于蓝的"原作粉碎机"，还是石涛。

石涛是皇族后裔，明亡后皈依，与髡残、弘仁和八大山人并称"清初四僧"。

石涛是反对泥古的改革家,提倡"我自用我法"和"笔墨随时代",其画布局新颖,在"搜尽奇峰打草稿"中把山川草木都翻出令人耳目一新的意境,故吴冠中一针见血地指出:

> 石涛是中国现代美术的起点。然而,另一方面,他又是中国传统画论的集大成者。游走在现代和传统之间,这也许是石涛成为反思中国美术传统与现代的最佳切入点。

在张大千看来,石涛"画境变化无尽",是绝佳的学画摹本,而他本人也在经年累月的临抚中成为古往今来过目与收藏石涛手迹最多的人。

在民国,任何企图从技术层面跟张大千争辩一张署名石涛的作品是真是假的人都必然徒劳无功,因为张大千不仅对存世的石涛真迹见过十之八九,还对历史上的石涛伪作一清二楚。

事实上,他就是靠伪造石涛出名的,且达到了比原作还精妙的地步,以至于50岁后才完全摆脱石涛的影响,但依然偶有"撞脸"。每每此时,必指画叹道:"今天这幅山水里头的××仍旧是石涛的。"

当然,也有人哪壶不开提哪壶,把张大千早年临写石涛的《柳堤春晓》拿到他面前求题跋,结果得了句"昔年唯恐其不入,今则唯恐其不出"。

昔年，张大千有一张珍爱的石涛条幅，四四方方，看着颇不顺眼。他左思右想，终于下定决心让裱画师将其截成两半，中间接一张六寸长的旧纸，没用多久便依原画山势添了些巨石和竹木，裱好后浑然一体，真伪莫辨。

昔年，沈曾植送给曾熙一幅髡残的山水，曾熙大喜过望，想寻石涛的山水组成一套便于案头展阅的手卷（髡残号"石溪"，与石涛合称"二石"）。

黄宾虹手头恰有一幅，但他收到曾熙的信时不肯割爱，张大千听说后，为安慰老师，从自己所藏的石涛山水中临了一段，并仿石涛的书法和口吻题了句"自云荆关一只眼"。

曾熙得了张大千的仿作，亦颇喜爱，日常展玩，结果被来访的黄宾虹瞧见，非要拿他那张原本不肯出手的石涛山水交换。曾熙不便说破，于是眼睁睁看着黄宾虹手舞足蹈地当了回冤大头。

昔年，陈半丁新获石涛画册一部，兴奋地请黄君璧、于非闇等十余位在京画家上门鉴赏。

约定的时间是下午六点，谁知当天午后并未受邀的张大千不请自来，要求赐观画册。

彼时，张大千初露头角，比陈半丁小二十多岁，自然得不到什么尊重。

陈半丁说赏画时间未到，请他耐心等待，然后扬长而去，把张大千晾在客厅。

好不容易挨到六点，客人陆续抵达，陈半丁捧出画箱，郑重启开，只见画册装裱精美，还有日本汉学家内藤湖南题写的"金陵胜景"四个字。

众人正啧啧称奇,张大千忽道:"是这个册子啊。不用看了,我晓得!"

陈半丁大为不悦,模仿他的川音道:"你晓得,你晓得啥子嘛?"

张大千的回答语惊四座:"是我画的。"

大伙自然不信,直到张大千不紧不慢地将每一页的内容分毫不差地道出。

陈半丁边翻画册边核对,慌乱中眼镜滑落,面如死灰。

037

海上传奇

*

假作真时真亦假

无为有处有还无

张大千造假的动机很朴素:钱。

收藏石涛是一项烧钱的爱好,何况他还有一个匮乏的童年。

20世纪20年代,先后师从曾熙和李瑞清(与曾熙齐名的书法家,精通篆隶、彝器和砖瓦文字)的张大千突飞猛进,笔下的水仙海上独步,人称"张水仙"。

即令如此,一本册页也只能卖四块大洋。

张大千心下不服——他已得石涛三昧，仿作完全看不出任何差别，只因落款"大千张爱仿石涛"，画就卖不起价了。

深感岂有此理的张大千从此走上造假之路，除了搞钱，也为争一口气。

当然，君子爱财，取之有道，张大千售假的对象都不是什么善类，也不差钱，比如程霖生。

程霖生就是那个声称"大千虽善模仿，绝没有此魄力"结果惨遭打脸的地产大亨，曾狂到要操控上海的黄金市场，后被孔祥熙和宋子文的官僚资本重拳爆锤，晚年靠变卖古玩度日。

作为一个好出风头的富二代，程霖生喜欢跟名人打交道。

一次，他在李瑞清家的墙上看到幅石涛的画，认定是精品，非要带回去品鉴。

李瑞清不便挑明这是张大千画的，只好任由他拿去。

谁知没过多久李瑞清便收到一封程霖生的信，内附700大洋的"庄票"（钱庄发行的本票,可在市面上流通）。

程霖生在信中霸道地称自己要横刀夺爱，看得李瑞清一脸懵圈，只得挑了张价值七百块的石涛真画让张大千送去。

张大千来到位于爱文义路的程府，见厅中挂满了各家书画，却没几样真货。

他假意恭维，说了一堆令程霖生倾倒的内行话。

见火候已到，张大千话锋一转，故作遗憾道："珍品虽多,可惜不专。专收一家,马上就能搞出个名堂来。"

程霖生怦然心动,询问道:"你看收哪家好?"

"您不是喜欢石涛?就收石涛好了。石涛是明朝宗室,明亡了才出家,人品极高。专收石涛,配您的身份。"

言罢,张大千还建议程霖生搞个"石涛堂",彻底说到了他心坎里去。

不过,程霖生也有顾虑,道:"我要收石涛,一定先弄一幅天下第一的镇堂之宝。你看我这间厅这么高,挂一幅区区几尺的中堂,难不难看?"

张大千抬头一看,只见中堂乃傅山的一幅行书,字有碗口那么大,气派十足,乃蹙眉道:"这话倒也不错。石涛的大件很少,可遇不可求,慢慢访吧。"

话虽如此,张大千又岂忍他踏破铁鞋?故出门便开始筹划,在物色到一张八米的明朝纸后精心伪造了一幅石涛的中堂。

此时,"'地皮大王'要觅'天下第一石涛'"的消息已传遍上海滩,登门求售者不知凡几,可程霖生都嫌太小,直到一个书画掮客携张大千的八米伪作来访。

程霖生眼前一亮,掮客按张大千之嘱报价五千大洋。

"我不还你的价,但要请张大千看过。他说是真的,我才能买。"程霖生说。

于是派车接来张大千。

掮客以为成交在即,一想到佣金不菲便心下窃喜,哪知张大千观过画后斩钉截铁道:"假的!"

"假的?"掮客急道:"张先生,您再仔细看看。"

"不必了。"张大千开启吐槽模式,指着画说这里气势太弱,那里笔法太嫩,听得程霖生当场打消了买画的念头。

下来后,怒气冲冲的捐客赶到张大千家兴师问罪,张大千笑道:"你听我说,明天你再去看程霖生,就说这张画张大千买下了。"

捐客愣了愣,恍然大悟。

第二天,他依言而行,程霖生果然上当,问道:"你卖给他多少钱?"

"四千五。"

"张大千真不上路!"程霖生大怒,"你为什么不拿回来卖给我?"

"我拿回来说是真的,程老板您又如何肯信?"

程霖生语塞,想了想道:"你想办法弄回来,我加一倍,九千大洋买你的。"

最终,程霖生为拿下此画付出了一万大洋的代价。

窝火的他虽建起了"石涛堂",但放话说"不欢迎张大千"。事实上,张大千也不会再去,因为程霖生收藏的三百多幅石涛,十之六七都出自其手。

骗骗"儒商",对张大千而言纯属"降维打击"。可连享誉中外的考古学家、金石学家、敦煌学家和甲骨文权威罗振玉都被他哄得团团转,则不得不令人叹为观止。

罗振玉学术上的成就自不待言,但他追随溥仪,投靠伪满,还贩售假古董,故张大千毫无心理障碍地卖给他不少署名石涛的"斗方"。

过去的大床,讲究些的都有横栏、条几和板壁,需要斗方作装饰，俗称"炕头画"，向无名家之作。

张大千首创的"石涛斗方"价廉物美，深为罗振玉所喜，三天两头买来送日本友人，大受欢迎。

生意兴隆的张大千深感欣慰，到天津拜访罗振玉时见其收藏的一幅石涛作品有问题，当场指了出来。

罗振玉勃然大怒，斥其狂妄无知。

张大千默然离去。

三个月后，上海曝出一个轰动画坛的消息，说在某败落的世家故宅发现见于文献记载的八张石涛的巨幅山水。

罗振玉闻讯大喜，因为他有八幅八大山人的行书条屏，一直渴求八幅石涛的画屏作配。

于是，他立即通知画商，让其打电报到上海，送原件来看。

几天后，画屏送到，竟与八大山人的条屏尺寸一致。罗振玉喜不自禁，认为天赐一段翰墨姻缘，当场将之买下，并关照画商再送其余七幅。

画商往返谈判，一个月后，罗振玉以五千大洋成交。

志得意满的他将这16张作品装裱一新后设宴款客，共赏佳作，张大千也在被邀之列。

席间主人吹牛，客人吹捧，张大千只顾埋头夹菜，散席后方对罗振玉道："这八幅石涛有点靠不住。"

罗振玉咆哮道："你说什么？"

"老师息怒。"张大千从容不迫地说，"画稿跟图章都带来了，请您老鉴定。"

罗振玉接过画稿和图章，汗流浃背，七窍生烟。

原来，所谓式微世家的"发现"，只是张大千放出的风声。见罗振玉上钩，他立刻假造一幅，拿去"探路"；见罗振玉将这幅买下，便利用讨价还价之机拖延时间，把另外七幅赶制出来。

038

才子佳人

*

陌上人如玉
君子世无双

常在河边走,哪能不湿鞋?

民国初年的"石涛热"波及全国,导致酷爱收藏的张学良也毅然入坑,不惜血本地搜罗了许多——张大千的伪作。

1931年的一天,旅居北平的张大千收到一张意外的请柬,来自中华民国陆海空军副总司令张学良。

他感到莫名其妙,因为自己与威风赫赫的少帅素无往来。

再一细想，不禁冷汗淋漓——张学良素爱风雅，搞不好买到了自己的假画。

当天，张大千硬着头皮赴会，见一身洋派的少帅周旋于达官显贵之间，丝毫不提任何令人不快之事，稍稍心安。

然而，该来的总会来，很快张学良便把专心吃饭的张大千叫了起来，朝众宾道：

> 诸位，我今天要向大家特别介绍一位杰出人物。这位，便是大名鼎鼎的我国石涛画研究专家，也是最善仿造石涛画的著名画家——张大千先生！在我珍藏的石涛画名迹中，和我收藏的其他古画珍品中，就有好多是他的杰作！

语毕，微笑着环视了一遍全场，目光停留在张大千身上，带头鼓掌。

众人窃窃私语，惊讶地望着这个敢在太岁头上动土的大胡子，深为张学良的大度所折服。

然而，张学良事后还是小小地"报复"了张大千一把，趁他筹款之机把他在琉璃厂看中并已付定金的清代画家华嵒的一幅山水以两倍的价钱抢了去。

不过，两个年龄只差两岁的青年也因此不打不相识，结下持续一生的深情厚谊。

1959年，张大千受于右任之邀回台北举办画展，其间给国民党当局出了道难题：要见张学良。

彼时，张学良的软禁地刚从新竹迁到台北市郊，守卫森严，身边只有相濡以沫的赵四小姐和一个少将衔的"副官"。

经张群说合，蒋介石勉强同意张大千的不情之请，但规定"二张"的会晤不得泄露，不准见报，两人也不许讨论政治。

于是，经过重重岗哨，层层检查，张大千终于在"张邸"见到睽违24载的张学良。

昔日风度翩翩的少帅如今看上去比岁数较大的张大千还老，而两人的聊天模式与往时相比也彻底反转，变成了张大千主讲，张学良倾听。

中午，赵四小姐烧了几道拿手好菜，张大千劝张学良不要辜负这个对他忠心耿耿的女人，尽早明确身份。

临别之际，张大千把一张近作和几件礼物分赠给张学良与赵四小姐。

几天后，准备回巴西的张大千在机场见到张学良的"副官"。对方交给他一个包裹，说是张学良的回礼。

飞机上，好奇的张大千将之拆开，却是当年被张学良"截和"的那幅华岩山水。

五年后，再次返台北的张大千同张群等老友见证了一场虽迟但到的婚礼，把精心绘制的《嘉耦图》赠予64岁的新郎张学良和51岁的新娘赵四小姐。

佳偶除了这对新人，还有白头偕老的张大千与徐雯波。

1943年底,刚从敦煌回蓉的张大千暂居郫县的一处农家院。

时年不过十三岁的徐雯波得知闺蜜张心瑞的父亲竟是张大千,乃央求她带自己一见。

徐雯波天生丽质,素爱书画,见到张大千后当场就想拜师,却遭到婉拒。

不过,张大千还是欢迎徐雯波到画室来,对她倾囊相授。

日久生情,花开并蒂。六年后,徐雯波正式成为张大千第四任也是最后一任妻子。

搁现在,俩人也许会遭受不少非议,可问题是那个时代没有这么多"严于律人,宽以待己"的道德警察,只要大家你情我愿,张大千并不违反公序良俗。

但这并不意味着曾正容(大老婆)、黄凝素(二老婆)和杨宛君(三老婆)就没被他伤害,即使在经济上他从未亏待三人。

当然,非要替张大千开脱也很容易。

曾正容是包办婚姻,缺乏感情基础;黄凝素美艳动人却有着川妹子典型的火暴脾气,整日打牌,最后在空虚寂寞中出轨了一个油嘴滑舌的"小白脸",同张大千离婚;杨宛君才貌双全,13岁便登台演唱京韵大鼓,与张大千坠入爱河后出双入对,羡煞旁人。硬要吹毛求疵的话,无非不会理家。

然而,最根本的原因还是张大千的前半生过于滥情。

如果你能接受画家对美的偏执使其荷尔蒙的分泌比常人旺盛,比如叶浅予的两任妻子王人美和戴爱莲分别是著名演员与舞蹈家,那么你或许能对张大千怀有同情之理解,认可"大德不逾闲,小德出入可也"。

如果不能接受也没关系,因为事实证明端庄优雅、温柔体贴的徐雯波是张大千的灵感缪斯,无双良配。她默默地相夫持家,形影不离地陪张大千踏遍千山万水。

从印度到日本,从欧洲到美国,从阿根廷到新加坡,五洲四海都留下徐雯波身穿旗袍、曲线玲珑的倩影,把东方女性风姿绰约、仪态万千的气韵洒向世界的各个角落。

事实上,没有徐雯波充当润滑剂,初见毕加索时张大千都不知该如何打破尴尬。而素来不喜别人替他拍照的毕加索,也是给随身携带相机的徐雯波面子,才欣然答应她合影留念的提议。

跟张大千照完后,毕加索特意叫上徐雯波,要拍三人合影。他兴致勃勃地取出一堆道具,给徐雯波戴上纸叠的船帽,替张大千安上马戏团的小丑鼻子和夸张的黑框眼镜,自己则用报纸剪了张面具往脸上一遮,拍了张搞笑的怪照。

总之,张大千由杰出到不朽,徐雯波功不可没。她甚至可以在只能带一个孩子离开的情况下选择张大千难以割舍的张心沛(黄凝素三岁的幼女),而将自己仅7个月的儿子张心健留在大陆。

徐雯波是成都人,成都平原不仅给了张大千一生挚爱,也是他由"师古人"转向"师造化",迈入艺术生涯第二阶段的催化剂。

然而,归蜀之途,殊为不易。

1937年夏,结束了祭母之行的张大千由川抵沪,在叶恭绰的劝告下马不停蹄地赶往北平,接眷(杨宛君、张心亮)南下。

北平的居所在颐和园听鹂馆,虽是租住的,但风光旖旎,又可与同在园中的溥心畲切磋画艺("南张北溥"之名即盛行于那两年),故张大千多少有些不舍,打算待秋凉再动身。

这一犹豫,北平沦陷,想走也走不了了。

烦闷的张大千在跟友人聚会时不免痛斥日寇欺男霸女的暴行,结果没过多久便被日本宪兵请去"喝茶"。

虽然最后有惊无险,但日本人并没有放过张大千,而是逼他出任伪职,当北平艺专的校长。

与此同时,张大千被抓的消息传到上海,报上充斥着他已遭日军枪毙的谣言,方介堪将这些"新闻"剪下来寄到北平求证。

张大千计上心来,把剪报交给日方,请求到上海开展,以示自己未死。日本人也不傻,知道他想金蝉脱壳,一口回绝。这时,一个叫胡俨的大风堂门人"救"了他。

胡俨见坊间疯传"张大千遇害",披星戴月地仿制了一批张大千的作品,以"遗作"之名展出,大肆敛财,引起大风堂弟子的一致声讨。

张大千得知后,怒发冲冠地对日方道:"已经有人替我开'遗作展',我如果再不露面,请问有什么更好的办法,能够证明日本人未杀张大千?"

日方哑口无言,给他开了一张为期一个月的通行证,张大千这才虎口脱险,辗转回川。

039

魂归道山

老骥伏枥制巨著
壮心不已写庐山

从1938年到1949年,十年间(中间去敦煌两年零七个月),张大千走遍西康、广元、什邡、乐山、大足、资中、剑阁、广汉,认为当世画家,无论本土抑或外籍,都"得四川江山之助"。

他曾五上峨眉,观云海日出,奇峰幽谷,被变幻无穷的山岚和铺天盖地的景物震得目眩神迷。

他曾闭关青城,遍看山涧泉石与参天古木,用洗尽旧

习的笔法作画千余幅,并刻图章"青城客"一枚,被作家高阳总结为:

> 张大千之所以能由名家成为大家,山水之所以能由临摹、写生而具有自家面目,与青城山的这三年,大有关系。

造化在手,物随我心。张大千把"水墨""彩墨"和"青绿山水"结合起来,在对层峦叠嶂的大幅山水不知疲倦地传神写照中,为第三阶段的"双泼法"奠定了坚实的基础。

所谓"双泼",即泼墨和泼彩。张大千虽"一生多变,每变必兴",但要论哪项创新在美术史上留下了浓墨重彩的一笔,则非"双泼"莫属。

"双泼"前,张大千会先构思好画幅,再将大量墨汁和颜料分门别类地泼洒于纸上,跟助手牵动纸张四角,急速抖动并摇晃,使墨液与色汁四散开来。然后,他依势布局,任意发挥,对各个局部"破墨"(国画技法,将浓、淡墨相互渗透,使画面更鲜明)、"破色"(印象派技法,将不同颜色的碎点拼接在一起,形成新的亮丽之色),最后用毛笔勾勒、皴擦、点染,或添加一些小细节。

"双泼"是张大千在蜀中的奇山异水中探索出的革命之路,把"简胜于繁""拙胜于巧""巨胜于细"的艺术魅力发挥到极致。

但平心而论，若非张大千在花甲之年因糖尿病的并发症导致视力大减（右眼最后失明），从而被迫转型，也不可能画风丕变，发明笔简意赅的"双泼"，用他自己的话说就是：

> 予年六十，忽撄目疾。视茫茫矣，不复能刻意为工，所作都为减笔破墨。

"双泼"既成，《巨荷图》《桃源图》《瑞士云山》《万里长江图》《青城山通景屏》等瑰丽雄奇的佳作联翩出炉，直至集大成之作《庐山图》。

作为张大千生前最后的画作，《庐山图》尚未动笔，即已轰动台湾。

彼时，"中正勋章"已预备妥当，不久便会由蒋经国亲手替他戴上，而与张大千一道获此殊荣的唯有顾祝同。

随章授予的证书中，对张大千的评语是：

> 四川张爰，国家耆宿，艺苑宗师，寝馈敦煌，上窥唐宋，不唯淋漓大笔，蔚为国光，亦且襟抱高华，久为世重。

在此背景下，头昏眼翳的张大千不思"曲终奏雅"，反倒迎难而上，答应一位华侨的请求，为日本一家五星级酒店入口迎面的大墙绘制巨画，且故意挑从未去过的庐山,负气般向世人证明自己宝刀未老。

到底受了什么刺激?

原来,风水轮流转,张大千年轻时造石涛的假,等他老了又被无数人仿冒。而且新时代的造假者愈发不讲武德,售假时会告诉买主说此画确为代笔,但业经张大千"授权",因为他体力不支,画不动了。

买家考虑到张大千年老体衰,往往不忍深究,于是浮言越传越广,直到把两鬓斑白的"苦主"气得要"秀肌肉"。

决心已定,张大千一面搜集庐山资料,一面大刀阔斧地改造画室。

摩耶精舍的画室坐拥曾熙、杨度、谢无量、陈三立、叶恭绰、吴湖帆、黄宾虹、溥心畲、谭延闿和黄公望等令人叫绝的名迹,堪称画家的琅嬛福地,可张大千为了画一幅画,说改便改,不仅敲掉两根大柱子,天花板上加横梁,还特制了一张 12 米长、2 米多宽的画桌。

1981 年 7 月 7 日,在张群和张学良等密友的见证下,面目一新的画室举办了一场简约而不简单的"开笔仪式"。

画桌上,购自日本的绢布已完全摊开,各式各样的毛笔、排笔、大盆、大碗也准备就绪,仿佛等待检阅的三军。

张大千在徐雯波的陪伴下入场,耳边响起雷鸣般的掌声。

当天,张大千不过洒了些水,泼了点墨,再用拖布似的大笔勾出一道淡淡的轮廓,便已精疲力竭。

接下来的日子里,张大千常由家人抬上画桌,伏案挥洒,备极艰辛,往往画到一半便气闷胸痛,不得不靠服药缓解心脏压力。

与此同时，媒体"长枪大炮"，踏破精舍门槛。其中，级别最高者莫过于（台湾）中国广播公司（始创于1928年，简称"BCC"）的总经理蒋孝武。作为蒋经国的次子，蒋孝武是蒋家第三代里被认为最有可能走上政治中心的人物，故其到访有替父慰问之意。

见张大千为作画被抬上抬下，蒋孝武机智地设计了一条铜管画轴，将绢布挂好后上下卷舒，即可站在甚至坐在桌前绘写：

新发明节劳省力，但由于访客实在太多而张大千又时不时要到荣民总医院接受治疗，故《庐山图》画画停停，进度缓慢。

作为该画的"监工"，张群并未催赶。

张善子死后，张群在张大千面前扮演的角色与谢玉岑死后张大千在谢稚柳心目中的形象类似。

1945年，张大千再度在成都办展，一百多幅展品不到三天便贴满"已订购"的红纸条，一张标价200万法币的《水月观音》更是引起富商巨贾、高官显宦乃至公私单位的抢购。

《水月观音》属于"再摹敦煌壁画"，即张大千对照自己现场临摹的敦煌壁画二度临摹的作品。由于洞窟内一手临摹的都是非卖品，故"再摹"便成为藏家重点追逐的对象。

"抢购风波"很快演变为"抢购官司"，一直打到主管文化艺术的四川省教育厅。

厅长郭有守是杨度的女婿、张大千的表亲，也是一个专业的艺术评论家。

接过这颗烫手的山芋，郭有守焦头烂额，因为争购《水月观音》的各路"神仙"要么财大气粗，要么朝中有人，谁也开罪不起。

于是只好垂询人在重庆的四川省主席张群。

张群盯着郭有守的请示电报和争画人员的名单，沉吟不语。最后，他的目光落到"新都县"上，心生一计。

郭有守接到张群秘书的回电，深感姜还是老的辣。

他依命将《水月观音》判给名单上的新都县，但规定购画不得动用公款，而要由县民绅商自愿赞助。并且，买到画后也不得安置在县政府，而要放到川西名刹新都宝光寺内，长期供奉。

消息传出，新都上下欢呼雀跃，很快便筹齐200万法币。名单上的其他人虽争画失败，怏怏不乐，但毕竟是让与佛门，也算积德，并不觉得丢了面子。

至于张大千，则既卖了画，又得了名，自此深信"凡事要好，须问岳老"，遇事不决便商之于张群。

《庐山图》的创作计划，张群听说后极表赞许，但又担心张大千以八十高龄绘此巨构身体是否吃得消，故尽量不去打扰。

直到画已颇具眉目，可以接受莅临精舍的摩纳哥国王的参观；直到张大千已能一心二用，应梅葆玖的"隔海之请"凭记忆补绘出三十多年前自己同梅兰芳、吴湖帆和谢稚柳合作的《梅兰图》。张群开始毫不客气地催画，以期张大千能早日鸣金收兵。

1983年1月14日，张群发现《庐山图》已基本完成，只差很小的一部分需要润色，乃当机立断将画送去裱托，先展后改。

六天后，台湾历史博物馆举行隆重的"张大千书画展"，展出他五十年来的五十幅代表作，对张大千的艺术人生做了系统的回顾。

当日人潮汹涌，身穿蓝丝长袍的张大千在徐雯波的搀扶下出现在会场，神采奕奕地接受来宾道贺，并被人群众星拱月般簇拥着观展。

《庐山图》是展览的主角，虽画面左部的一座孤峰尚待加工，但其层峦滴翠、古木森罗、云雾氤氲、山势滂沱的气象已令观者觉得神游匡庐，身在此山之中了。

两个月后，张大千病逝于荣总医院。弥留之际，访者无数，蒋经国亦两次遣人探视。

虽张大千已无力补完《庐山图》，但命弟子补缀一二在历史上并非没有先例，也无损于作者的盛名。可他偏不，把最后的精力都留在"画酬知己"上，比如将珍藏多年、给再多钱也不卖的一张明代书家倪元璐的真迹慷慨赠予最擅倪书的老友台静农，使《庐山图》成为白玉微瑕的遗作。

然而，花无常开，月盈则亏，人生处处皆遗憾，命运不喜欢任何人好事占全，功德圆满。既如此，凭什么艺术就得完美无缺？谁又规定画必须画完才能称之为作品？

相较而言，张大千是幸运的，因为他拼尽全力画完了酣畅淋漓的一生，还替自己赢得了无懈可击的盖棺定论（台湾当局领导人褒扬令）：

四川张爰,耆年令望,艺苑宗师,天赋高华,发为绘事,深功博古,妙悟创新。所作自东徂西,驰誉光国,历名都而展出,拓异域以流传。远游归来,多难明志,中原海上,下笔成图,托忠爱于丹青,写山河之壮丽。揆其艺术成就为独步,于我文化复兴为有功,继往开来,永垂不朽。遽闻溘逝,悼惜殊深,应予明令褒扬,用昭文节。

尾声

世如焚炉,人似柴薪。

经济在发展,贫富差距却不减反增,工作时长也日甚一日,焦虑似乎永远挥之不去;技术在演变,人却沦为大数据的奴隶。资本家比你更了解你,不动声色地制造欲望,煽动对立,操纵全社会的情绪。

如果说一代代人的努力还有什么意义,那无非观念的革新。

观念原地踏步，历史再怎么翻篇也只是"城头变幻大王旗"，互联网公司的程序员将与工业革命早期血汗工厂里的工人别无二致。

而衡量观念进步与否，一个最重要的标准即看人的价值是提高还是降低。

中华人民共和国的成立史无前例地提升了每个普通国民的地位，可谓观念的巨大飞跃，历史的重要转折。

然而，一切变革皆有代价，罗文谟便是其中之一。

1949年底，成都战云密布，对政府失望透顶的罗文谟利用自己国民党要员的身份掩护和营救了不少中共地下党员，与日后官至四川省副省长的张秀熟亦交往密切。

因此，罗文谟没有随国民党赴台，也婉辞了张大千从香港发来的邀约，反倒为成都的和平解放东奔西走，联络有关部门和相关人士，维护地方安定。

1950年，按起义人员落实政策的罗文谟受到贺龙宴请。

谁能料到，该年12月荣县方面派人到成都，在派出所民警的陪同下带走罗文谟。

谁能料到，几天后荣县召开公审大会，在县长兼农会主席程觉远的主持下罗文谟与另外几人被枪决。

1985年，罗文谟沉冤昭雪。1993年，官方召开纪念座谈会，高度评价了罗文谟的艺术成就和历史地位，原中央候补委员、四川省副省长徐世群题词道：梅竹双清，德艺长辉。

生命宛如一场正在燃烧的大火，人所能做的无非是从火海里竭尽全力抢救些东西出来。

对司马迁而言,这东西叫《史记》。

为写此书,熬尽残躯,究竟有何意义?

或许,是凭一己之力对抗天道吧。天地不仁,以万物为刍狗。好人不一定有好报,风流总被雨打风吹去,可司马迁不以成败论英雄,偏要将他们记下来,就像香农的论断"信息是用来消除不确定性的东西"一样,在天地之间做"熵减"。

然而,火灾不可逆,"熵增"才是宇宙的大势所趋,一切坚固的东西都终将烟消云散。

但那又如何?

知道了命定的结局,知道了人生恍如一梦,薄如蝉翼,还是逆流而上,日拱一卒,不正是人类文明生生不息的原因吗?

即使在最黑暗的时刻,人群中也总有治服己心的勇者。他们超越世俗,追寻文明,哪怕被人误解,遭人耻笑,也坚信自己的努力或十年不可,或百年无成,但千载之后应会有所不同。

比如"五老七贤"里的尹仲锡(1869—1942)。

尹仲锡是成都郫县人,因父亲做生意被坑,负债累累,故发愤图强,23岁即中进士。

新科进士除前三名(状元、榜眼、探花)直接授官从六品的翰林院修撰和正七品的翰林院编修外,余者皆要在院中学习朝章国故,称"庶吉士"。三年后"散馆"[40]大考,合格者授编修或从七品的检讨,不合格者以知县分发各省外用。

志在卿相者当然会苦心孤诣地留下，家境困难者却不愿在储才养望的翰林院继续坐冷板凳，而宁可到地方捞个实职，尽早变现。

　　为达到外放的目的，"小镇做题家"们会故意在试卷上写简笔字。考官判卷时只要发现，便不及格，当场就能得偿所愿。

　　尹仲锡即是其中一员。

　　虽不舍赵熙、杨锐和刘光第等京中同乡，可穷翰林实在是当不下去了。

　　尹仲锡被分配到陕北苦寒之地，任白河知县。

　　白河"盛产"灾荒和土匪，尹仲锡认为必先清除匪患，搞好生产，百姓才可能安居乐业。

　　于是，他兴办团练，驰马挥戈，与团丁同甘共苦，布衣粗食，仅马前一锣一伞，表明是官。

　　想当初选择离京是因为不愿受穷，谁承想由于为官清廉，反倒越来越穷。

　　然而，失之东隅，收之桑榆，白河在他治下海晏河清，路不拾遗。

　　政声大著的尹仲锡不久便右迁商州知州，继而为凤翔知府，直至西安知府，被关中父老唤作"尹青天"，还作为能员多次奉旨参观新军的会操演习，并获"大肉之赐"[41]。

---

40. 毕业。
41. 皇帝特赏臣下的肉食。

尹青天在西安知府任上有"身兼八局"之称,指他协助布政使樊增祥把陕西各个方面的新政都办得有声有色,以至于樊增祥逢人便引李白的诗句夸尹道:"我一生低首谢宣城[42]。"

1911年,尹仲锡因母亲去世回乡丁忧,接替樊增祥的钱能训却不许他辞去"八局"的兼差,倚重之意,可以想见。

辛亥革命后,在西安起义中被革命党人推为总指挥的张凤翙一跃成为陕西都督,权倾三秦。

张凤翙本是陕西新军里的一员管带,发迹前曾在西安府衙当差,因故被尹仲锡打了板子并开革。

当上都督后,张凤翙欲拜访尹仲锡。尹仲锡以为他要报当年的一箭之仇,收拾行李准备离开,奈何慢了一步。

张凤翙一见尹仲锡便伏地磕头,称自己以前行事荒唐,若非挨了那顿打,及时醒悟,现在还不知在哪儿胡混呢。

原来,张凤翙感激尹仲锡的教诲,想请他出山帮忙。而尹仲锡见张凤翙真心实意,便趁势为胡薇元说情。

胡薇元曾执掌九峰书院,赵熙即出其门。后任华阳知县,又奖掖后生林思进。调官陕西后,累迁至西安知府,接替尹仲锡。

没过多久,革命爆发,胡薇元坚守岗位,几为张凤翙所杀,幸得尹仲锡一言,方重获自由,归老于成都。

民国初年,尹仲锡先后襄助贵州巡按使[43]刘显世和四川省长戴戡办理民政。戴戡与四川督军罗佩金势同水火,尹仲锡夹在中间颇多掣肘,难施拳脚,干了一年便卸职回家。

不久，蜀乱大作，戴戡身死人手，尹仲锡对纷纷攘攘的官场愈发抵触，过起了杜门晦迹的退休生活。直至生命中的真正使命从天而降。

1923年，尹仲锡出任成都慈惠堂总理。

慈惠堂即清朝的红十字会，是赈灾救难、济困扶危的官办机构。

清亡之后，各地慈惠堂由于政乱财窘，经费渐渐挪作他用，成都的也不例外，直到市政公所[44]成立。

市政督办[45]陈光藻决意振兴慈善，将成都慈惠堂转为民办，交贤达主持。

虽说堂务日废，但成都慈惠堂名下尚有不少田产。故消息一出，妄图染指者便上下钻营，殊不知陈光藻属意的人选唯有尹仲锡。

可惜，尹仲锡坚辞不就，把陈光藻急得用上了激将法：

> 你的性情固执，惹起外面一些闲话，说你尽管有"尹青天"的招牌，可是五十几岁还无后人，只怕有些缺德的地方。

尹仲锡问他从何处听得，陈光藻知其崇拜徐炯（近代

---

42. 南朝诗人谢朓。
43. 相当于如今的省长。
44. 相当于如今的市政府。
45. 相当于如今的市委书记。

教育家，"五老七贤"之一），乃诈称是徐炯听说的。

果然，尹仲锡开始犹豫不决，陈光藻乘胜追击道：

> 慈惠堂有田，养几百孤寡。眼前的公益事你都不肯做，一旦官产被军方提去，则那些孤寡必将饿死，这是"我不杀伯仁，伯仁却因我而死"啊。

尹仲锡不再推辞，走马上任。

慈惠堂有三百多老幼废疾，皆面黄水肿，营养不良。为将每日两顿稀粥改善为三餐干饭，尹仲锡不仅不领一文薪金，上班还自带伙食，连常伴左右的爱犬也禁吃堂中食物。

很快，堂中老弱的健康状况大幅好转，尹仲锡趁势开源，组建了成衣铺、鞋帽铺和印刷铺等生产部门，一时间男编箕帚，女搞缝纫，在替慈惠堂创收的同时也给自己攒下一笔融入社会甚至成家立业的本钱。

慈惠堂所办实业，最成功者当属培根火柴厂。

培根者，固本也，其前身是周善培在清末开办的惠昌火柴厂。

进入民国后，位于九眼桥附近的惠昌日渐衰败，长年驻兵。尹仲锡从杨森手中要到厂房后却苦无启动资金，闻讯而至的军方代表提出可以出资。然而，在得知对方入资的目的只是按股分红后，尹仲锡婉言谢绝。他直接去找中国银行成都支行的负责人周询，表示愿以几十亩祖产作抵，请求放贷。

周询遗憾地告诉他,贷款的抵押物必须是实物。

尹仲锡急了,摸出一张翰林名片,道:"我这三个字值不值得一万元?"

周询大惊,忙道:"先生大名,何止万金?请收存好,我想办法。"

最后,在周询的协调下,尹仲锡拿到借款,把火柴厂办了起来。

培根火柴的商标是一个小孩端着碗吃饭,人称"娃娃牌"。之所以用此图案,在于培根体恤年轻人养家不易,"吞金兽"日食万钱,故于厂中设立托儿所,免费帮贫困家庭照管幼童。

虽是慈善企业,但娃娃牌火柴不省人工,不减物力,品质好到抗战时一度畅销于敌占区。

尹仲锡见状,将"娃娃牌"更名为"扇牌",在火柴盒上画一折扇,亲撰办厂宗旨:

> 厂中余利,专恤孤穷,若有私心,天地不容,以扇喻善,奉扬仁风。

同互联网大厂的"社畜"相比,培根火柴厂的职工有切切实实的福报,从工作到学习,从住宿到育儿,从养老到丧葬,妥帖周全。

此外,厂方没有年龄和性别歧视,对路途遥远者或不便离家的女工,还允许领取原料居家自作。

如果说培根火柴创造的是物质文明,那盲童乐师构建的就是精神文明。

此前，慈惠堂会教收养的盲童占卜技巧，让他们沿街叫卖，为人算命。尹仲锡觉得此法不妥，按古代以瞽者为乐师的传统，改教扬琴。他延请扬琴名家沈子啸开班授课，很快便打造出一支专业的扬琴乐队。每逢演出，统一装扮（墨镜、蓝袍玄褂、六合瓜皮帽）的盲人乐师便在聋哑人的牵引下鱼贯而行，引人注目的同时也被扬琴的业内人士尊称为"堂派"。

其实，在"关心下一代"方面，尹仲锡所做的工作远不止于此。

1925年，始建于雍正年间（1723—1735）的育婴堂成为慈惠堂的下属机构。

育婴堂专收弃婴，由官府雇乳母哺育，断奶即交人领养。并入慈惠堂后，尹仲锡大包大揽，不仅把孤儿教养成人，还为之择偶并置办嫁妆。

这些孤儿深受求偶者的欢迎，因为他们大多在"文诚义学"接受了良好的教育。

文诚义学是晚清名臣丁宝桢（曾任四川总督）的后人将丁公祠及其田产捐给慈惠堂后，尹仲锡顺势开办的，专教国文、数学和英语三科。

虽然媒人往来不绝，但担心堂中孤女受骗、做妾的尹仲锡极为审慎。

某孤苦少女被继母逼迫卖淫，不从即遭毒打。四邻不平，拥其奔赴慈惠堂。

尹仲锡收留她后，命人悉心照料，并积极为之择配。

婚期既定,心怀怨怼的继母打算唆使恶霸闯入礼堂捣乱。尹仲锡闻之,火速敦请省政府主席张群到现场证婚,继母方才不敢妄动。

执掌慈惠堂几年后,尹仲锡中年得子。因为要的晚,终其一生他也没能含饴弄孙。

不过没关系,因为尹仲锡每入育婴堂便见群儿涌来,争唤"爷爷"。这些孩子虽不姓尹,但名字里大多都有"慈""惠"二字。

慈惠堂名下的田产,经尹仲锡的运营,从改制时的三百多亩翻到了抗战初期的近万亩。当然,其中也有财政部部长孔祥熙的贡献,因为他到成都时曾参观慈惠堂,大手一挥便捐款20万元。尹仲锡固然感激,但对孔祥熙主持的法币改革却并没有信心,担心政府放水,通货膨胀,因此把钱全部买了地。

慈惠堂成了大地主,田亩星罗棋布,佃户成百上千。

当日机滥炸成都之际,市民多向城外疏散,慈惠堂的鳏寡孤独也不例外。

然而,最难安顿的是那群盲人。他们技艺傍身,在城里挣钱不难,一到乡下则顿失市场,故均不想走。

尹仲锡正没奈何,适逢夜风吹折院中旗杆,遂以鬼神之说诳道:"这是大祸将至的凶兆。你们不走,我只好陪你们同归于尽。"

众盲人闻言大哭,尹仲锡却想到了对策。他召成都四郊与慈惠堂有租赁关系的佃农进城开会,开诚布公道:

你们种慈善机关的田，应以慈善心来报答田主。敌机轰炸，救死扶伤，人人有责。今天请你们来，为的是疏散瞎子，希望你们一家领一个去照料，为我分劳。

我亦不忍过分劳累你们，只要求初到你家时，床铺厕所使瞎子摸惯走熟，三餐同你们一样吃饱，待秋收纳租时结算，断不亏负你们。

格外有桩最重要的任务，瞎子工作所需的材料，由城里随时给他们送来，只是每逢场镇赶集日期，早饭后，你们照料他们把售货担子挑好，牵着他越陌度阡，走到场口找个安稳地址，使他坐定，然后引他行个通场，于场尽处又找个地址叫他坐惯，走不上四五次，他便熟了。

他在街上干活，你们的人可先回家，待下午生意完毕，市场散了，瞎子在原地休息，等你们来牵他回去。必使他不走下田，不陷入厕，保证他们的安全。

秋后你们纳租时减让多少，凭瞎子说句话，也就算数。你们做得到否？

众人见其苦口婆心，大为感动，齐声道："做得到。"尹仲锡环视了他们一圈，跪地叩首，郑重相托。

几年后，战事稍歇，下乡的四百位盲人没有一个病故或遭遇不测。

尹仲锡去世时，赵熙、林思进、商衍鎏、周善培和谢无量皆致悼文，庞石帚的挽诗更是把他比作顾炎武，称"人惜亭林宰相才"。

出殡之日，后来官至西康省秘书长的国立四川大学教授陶亮生携子送行。

走到宋公桥街，陶亮生之子发现成都警备司令部的少将司令严啸虎也在送殡的队伍里，还忙不迭地驱赶挡路的菜贩，遂不解地问父亲，说尹仲锡又没做官，为何那个将军要替他出丧清道？

陶亮生想起以前拜访尹仲锡时，总见其案上的函电文书鱼鳞杂逻。而尹仲锡因双眼近视，审阅时往往胡须刺纸，簌簌有声，被友人打趣为"啃桌子的老吏"。

心念及此，陶亮生答道："人只要道德文章为世人所敬重，就比做官还贵。立德、立功、立言，谓之三不朽，先生便是太上立德的头等人物，所以社会上都尊敬他。"

行过九眼桥，忽闻前方吵闹，却是数百名盲人请求担任仪仗队。

治丧人员见道路不平，虑其安全，断然拒绝。

盲人们嚷道："总理对我们那么好，他百年归天，这点心都不要我们尽呀！"言毕，哭作一团。群情感佩，准其所请，不过每个盲人都配一人搀扶。路人不明所以，皆以为是什么新式典礼。

一年后，由刘开渠雕塑的尹仲锡铜像在少城公园落成。

那一刻，成都人终于明白，"诗婢家"三个字的含义其实是以诗为伴，以梦为马，此处心安是我家。

后记
甘为诗婢，再奏风雅

1978年，叶剑英为西泠印社题字，因"文革"冲击而陷入低谷的传统文化迎来复兴。

次年底，在原成都市委书记米建书的主持下，淡出公众视野25年的诗婢家于春熙路重新挂牌，主营文房四宝。

中华人民共和国成立之初，郑伯英赴云南省军区任职，后转业到省公安厅，官至副厅长。诗婢家就此停业，书画藏品全部捐赠给了四川省博物院。后来经郑伯英的小舅子卓光福牵头，成都裱画行业的手艺人在原诗婢家基础上组建了一家水印厂，划归"二轻局"。因揭裱字画、碑刻拓片和木版水印等传统业务渐渐式微，还搞起了包装与印刷。

被冯其庸称作"潦倒穷途老画师，胸中丘壑几人知。可怜一管生花笔，待到花开已太迟"的陈子庄晚年曾在水印厂做顾问，许多精美的诗笺画稿都出自其手。慷慨的他经常送画给装裱师傅，师傅们都不爱要大尺寸的画，原因是家里太小放不下。

水印厂归"二轻局"管，二轻局即成都市第二轻工业局，同主管国有企业（如公私合营后的荣宝斋、朵云轩和杨柳青）的"一轻局"相比，主要管理集体所有制企业。

集体所有制仍属公有制，但与"全民所有"的国企不同，其生产资料归劳动群众集体所有，按劳分配。随着市场经济的发展，大部分集体所有制企业都已改制，恢复之后的诗婢家也不例外。

2000年，因春熙路商圈改造拆迁，无枝可依的诗婢家再度歇业。2004年，成都市政府为合理配置文化资源，将诗婢家引入充满历史元素的琴台故径，栖身于一座2500平方米的四层小楼（原为成都市社保局所在地）。

琴台路因司马相如"凤求凰"的爱情故事而得名，诗婢家因郑次清的祖先郑玄而得名。一个西汉文宗，一个东汉大儒，两千年后在南河之滨交相辉映。

接手诗婢家的柏优是20世纪80年代随改革开放成长起来的企业家，颇具社会责任感，曾被评为成都市优秀共产党员，屡次荣获成都市和四川省劳动模范称号。此外，他还多次当选区、市两级人大代表，现为成都市人大经济委员会委员。

在柏优的坚守和努力下，诗婢家发展成集文房、文创、国学教育、艺术展览和艺术品拍卖为一体的综合性文化企业，受到傅申、沈鹏、崔子范、程十发、杨仁恺、程佩秋、韩天衡、魏明伦、流沙河、马识途、饶宗颐与欧阳中石等文化名人的赞赏与支持，不仅是琴台路的文化地标,更是成都百年文事的一个缩影。

2010年,诗婢家画廊挂牌,重振郑伯英当年为艺术家和收藏家穿针引线的传统业务。揭幕展上,张大千的《虾》、李可染的《牛》和弘一法师的《观音》等近百幅佳作令书画爱好者流连忘返,而张大千的孤品墨宝"中国画廊"也成为诗婢家画廊的店招。

2020年,为纪念诗婢家成立一百周年,"古意新韵·百年风雅"大展拉开帷幕,展出马识途、邵仲节、谭昌镕、邱笑秋、彭先诚、郭汝愚、戴卫、刘云泉、刘朴、李金远、何应辉、陈滞冬、秦天柱、曹辉、郭强、叶瑞琨、刘德扬、姚叶红、梁时民、管苠榈、李兵、洪厚甜、薛磊和赵夜白等当代艺术家的代表作,并在钩沉稽古中回顾了诗婢家携手赵熙、谢无量、张大千、周抡园、张采芹、吴一峰、李琼玖、冯建吴、陈子庄、苏葆桢、赵蕴玉、岑学恭、朱佩君、李道熙、吕林、吴凡、谢临风、黄纯尧、王易和流沙河等文化大家栉风沐雨、砥砺前行的往事,勾勒出一部薪火相传、波澜壮阔的近现代艺术史。与此同时,成都深厚的文化底蕴和雅致的人文特色也通过《人民日报》对活动盛况连续三天的报道呈现在全国读者面前。

事实上,由于近年来艺术品市场的变化和己亥年底猝不及防的疫情,诗婢家遭遇了转型以来的至暗时刻。公司上下集思广益,负重前行,一面拓展新的业务板块,一面在2020年3月5日发起"萤火成炬——艺术抗疫慈善行",受到上百位艺术家的热烈响应,最后将征集到的作品献给战斗在抗疫一线的社区工作人员。

作为成都唯一的百年文化品牌，诗婢家一路走来得到党和政府以及社会各界无微不至的关怀。2020年底，当她陷入因租约到期而不知迁往何处的窘境时，新版《成都市属国有企业资产招商管理办法》颁布，从政策上对文化产业的发展和对传统老店、非遗文化的传承都给予了有力保护，诗婢家也得以在琴台路上续写新的篇章。

本书搁笔，已是2021年春。一年前，我因突如其来的新冠疫情滞留成都，与诗婢家结缘，为其百年华诞创作此书。

柏优曾不无忧虑地发问："诗婢家的下个百年在哪儿？"

他在微信中写道："一直以来，我的心愿都是诗婢家百年之后还能存在，像荣宝斋、朵云轩、杨柳青和西泠印社等其他老字号一样活着。诗婢家不是一个物理空间，而是成都人民的一座精神家园。"

沉舟侧畔千帆过，病树前头万木春。虽然世间最大的恒常就是无常，但诗婢家毕竟经历过沧海横流，见证过风雨苍黄，在新的百年里势必能老树新芽，开枝散叶，把成都的文脉延续下去。

2016年，由沪返蓉的柏添出任诗婢家总经理，以跟父亲柏优不同的社会身份（民建成都市委青年工作委员会委员）和教育背景（加拿大滑铁卢大学数学学士、复旦大学EMBA硕士）替这部熠熠生辉的诗卷续写新的篇章。

　　行文至此，我想感谢阿来先生、马未都先生、巴蜀文化学者袁庭栋、中国文艺评论家协会副主席李明泉、四川省文史研究馆馆员万光治、四川省博物院首席专家魏学峰、四川省社科院文学与艺术研究所所长艾莲、成都时代出版社社长李若锋、四川师范大学电子出版社社长蒋映洪，以及四川省作家协会副主席伍立杨，他们无私地支持我创作这封写给成都的家书，提供了许多肯綮的建议。

　　最后，感谢马识途老师以106岁高龄为我题写书名，祝他老人家健康长寿。

第一排：董子禄 冷成俊 张跃进 魏学楠 王吉祥 管岳楣 郄桐 谢秀筠 吕阜 林木 邱笑敏 郑照幸 谭昌馆 邢中节 平志英 柏优 颜嘉谨 徐孝航 田旭中 郭强 康俊 伊裴 文安琪 季晓春 谭朝晖 吴高

第二排：孢佳 梁洪 王晋 赵安如 周克强 季波 楼幽兰 罗蕊华 齐建震 刘琴 江司雅玲 田平 胡真英 宴璧 蔡家骏 柏涤 频叶红 赵文澳 陈明 邓代浞 胡中秀 陈荣江 浴朝 刘青

第三排：黎菁 宋佰奇 陈旭 杨旭 陈明刚 程恩嫘 罗宗良 叶喜庆 继赢 吴晓东 问莉 唐红萍 李小珍 吕骅 王昌松

第四排：孟祥福　孙新建 孔无甫　康杰 黄云高 施莱佐 罗原 宋小川 熊明 戴晓 刘德扬 张锦 范作 钱磊 张建平 陈万福 林茂

参考文献

1. 龚静染. 西迁东还 [M]. 成都: 天地出版社, 2019.
2. 傅崇矩. 成都通览 [M]. 成都: 成都时代出版社, 2006.
3. 袁庭栋. 成都街巷志 [M]. 成都: 四川文艺出版社, 2018.
4. 李劼人. 李劼人说成都 [M]. 成都: 四川文艺出版社, 2007.
5. 王笛. 消失的古城 [M]. 北京: 社会科学文献出版社, 2019.
6. 何一民, 王毅. 成都简史 [M]. 成都: 四川人民出版社, 2018.
7. 冉云飞. 每个人的故乡都在沦陷 [M]. 厦门: 鹭江出版社, 2015.
8. 流沙河. 老成都: 芙蓉秋梦 [M]. 重庆: 重庆大学出版社, 2014.
9. 王泽华, 王鹤. 民国时期的老成都 [M]. 成都: 四川文艺出版社, 1999.
10. 成都市政协文史学习委员会. 成都文史资料选编 [M]. 成都: 四川人民出版社, 2007.
11. 四川省政协文史资料委员会. 四川文史资料集粹 [M]. 成都: 四川人民出版社, 1996.
12. 《德艺千秋》编辑组. 德艺千秋: 罗文谟的艺术生涯 [M]. 重庆: 重庆出版社, 1999.
13. 王仲镛. 赵熙集 [M]. 杭州: 浙江古籍出版社, 2014.
14. 陈子庄. 石壶论画语要 [M]. 成都: 四川美术出版社, 1992.
15. 李德南. 蝉与我心清: 赵少昂小传 [M]. 岭南美术出版社, 2015.
16. 李永翘. 张大千传 [M]. 北京: 中国青年出版社, 2014.
17. 全国政协文史和学习委员会. 回忆张大千 [M]. 北京: 中国文史出版社, 2015.

图书在版编目（CIP）数据

寻找诗婢家：前尘忆梦画成都/吕峥著.-- 成都：成都时代出版社，2021.6

ISBN 978-7-5464-2827-7

Ⅰ.①寻… Ⅱ.①吕… Ⅲ.①随笔 - 作品集 - 中国 - 当代 Ⅳ.①I267.1

中国版本图书馆CIP数据核字(2021)第088498号

寻找诗婢家——前尘忆梦画成都
XUNZHAO SHIBIJIA QIANCHENYIMENG HUA CHENGDU

吕峥 著

出 品 人	李若锋
策　　划	蒋映洪
责任编辑	李卫平
责任校对	程艳艳
责任印制	张　露
书籍设计	许天琪

出版发行	成都时代出版社	四川师范大学电子出版社
电　话	(028) 86742352	（028）84769668
网　址	www.chengdusd.com	www.scnup.com
印　刷	成都市金雅迪彩色印刷有限公司	
规　格	134mm×210mm	
印　张	10.5	
字　数	220 千	
版　次	2021 年 6 月第 1 版	
印　次	2021 年 6 月第 1 次	
书　号	ISBN 978-7-5464-2827-7	
定　价	58.00 元	

著作权所有·违者必究　本书若出现印装质量问题，请与工厂联系。电话：（028)84842345